가족복원소

가족복원소

이필원 장편소설

고즈넉
이엔티!

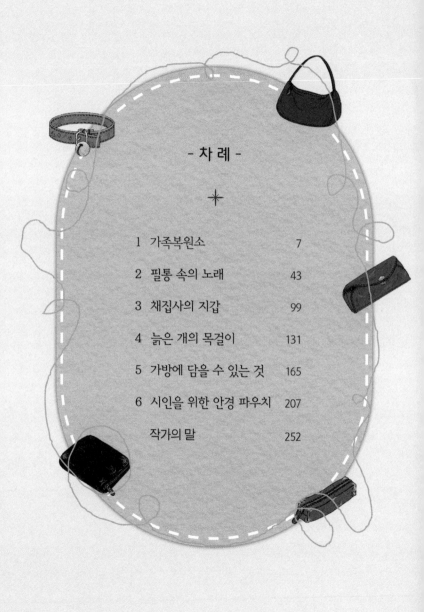

- 차 례 -

✦

1

가족복원소

사이좋게 지내기. 양보 혹은 배려하는 마음을 본래 지닌 품성처럼 여기며 두루두루 잘 어울리기. 상대가 누가 됐든 다툼이나 반목 없이 정답게 지내기를 종용받으며 자라는 동안 내가 목격한 싸움을 일렬로 세워봤을 때, 가장 먼저 오는 것은 가족의 다툼이다.

불화에 대한 최초의 기억은 아마도 안방 문이 닫히는 소리. 쾅앙은 아니고 쾅, 정도의 둔탁한 소리 때문에 별안간 몸이 굳었던 기억이 몇 개 있고, 닫힌 방문 너머에서 무슨 말이 오고 가는지 정확히 알 수는 없지만 어떠한 일이 꼭 벌어지고 있다는 것을 어린 나이에도 느낄 수 있었다. 고작 바람 탓에 안방 문이 세게 닫힌 게 아니라, 엄마 혹은 아빠가 함부로 닫은 것이라는 사실을 알게 된 이후부터 그 소리를 의식하기 시작했다. 매일 들려오는 소리는 아니었다. 서너 달에 한 번쯤이었을 것이다.

학교 숙제를 하던 중이었거나, 휴대폰으로 게임을 하다가 문 닫히는 소리를 들으면 일단 모든 행동을 멈추고 귀를 기울이게 된다. 그러면 별일 없이 고요한 듯하던 집 안이 어느 때보다 시끄럽다는 걸 알 수 있다. 벽시계의 초침 소리를 뚫고 들려오는 소리는 대개 화를 억누른 목소리. 안방 문 너머에서 날 선 말들이 드문드문 이어질 때면 나도 모르게 방문 앞을 서성이게 된다. '지겨워, 당신 그럴 때마다, 나가, 차라리, 집에서 괜히 화풀이, 그래 잘났다……', 같은 말들을 구멍 난 양말 깁듯이 하나로 이으면 엄마가 아빠를, 아빠가 엄마를 못마땅해하는 분위기를 읽을 수 있다. 그것이 어떤 바람으로도 환기시킬 수 없는 정체된 불화라는 것 또한.

모든 소란이 잦아들고 나면 때때로 우는 소리가 들린다. 울음기 섞인 그 목소리의 주인은 언제나 엄마였다. 우리 집은 머잖아 끝을 보겠구나, 한집에서 오순도순 사는 건 어려울지도 몰라, 하고 어렴풋이 마음의 준비를 할 무렵에는 더는 큰 소리를 내며 방문이 닫히지 않았다. 집 안을 가로지르는 발소리와 울음소리가 더 이상 들리지 않을 때. 아빠를 여전히 아빠라고 부르며 지내지만 예전처럼 한집으로 퇴근하는 아빠를 '다녀오셨어요.' 하고 마중하는 일이 없어졌을 때.

"진구야."

주방 식탁에 앉아 신문을 읽던 엄마가 지나가는 투로 선언했다.

"나, 가죽복원소를 차리려고."

그날 식탁에는 조간신문 외에 통장 몇 개가 함께 올라와 있었다. 엄마는 신문에 시선을 고정한 채 물었다.

"어떻게 생각해?"

학교에서 막 돌아온 참이었던 나는 책가방을 팔에 걸고 시큰둥하게 말했다.

"그게 뭔데?"

"가죽 수선하는 거. 지갑이나 가방 바느질하고 염색하는 일 해보려고."

"그러던지."

그렇게 해서 엄마가 먼저, 그다음으로는 내가 가죽에 슬쩍 기대오게 됐다. 손재주 많은 엄마는 집에서 멀지 않은 상가 일 층에 세를 얻었고 아마도 오래전부터 준비해온 사업이었을 수선소를 차렸다. 간판을 제작하고 가죽 원단 및 각종 자재를 구입하는 과정은 아빠와 사는 일보다 훨씬 순탄해 보였다. 이혼이라는 짧지 않은 길을 돌아오기까지 큰 결심이 필요했을 텐데, 이를 보상이라도 받듯 한동안 일이 잘 풀렸다.

가죽은 나를 좋아하거나 싫어하지 않는다. 가죽도, 나도 물성을 가진 유형의 존재이며, 시간과 환경에 따라 바뀌는 공통된 성질을 가졌다는 사실은 가죽과 나를 더욱 돈독하게 만드는 것만 같다. 무엇보다 가죽은 엄마가 나와 함께 살아가려고 선택한 생계 수단이자 목적이므로 조건 없이 좋게 여겨왔다. 어딘지 모르게 흠집 난 가족을 가졌다는 생각에서 오래 벗어나지 못하고 있던 나에게 가죽이란 다 자라서 만난 형이자 누나이기도 했다.

가죽에는 가죽의 시간이 흐른다는 것을 깨달은 건 열일곱 살 생일이 지나서였다. 인조가죽을 선호하는 시류를 반영하여 좀 더 다양한 가죽 원단을 들일 즈음 나는 엄마를 따라서 순행하거나 역행하는 가죽의 시간을 읽기 시작했다.

가죽의 시침과 초침의 흐름에 쫓기거나 뒤처지지 않으리란 자신은 없다. 가죽의 신이 있다면 한 번쯤 말을 걸고 싶다. 가죽과 사람을 적절히 좋아하며 살아볼 테니 뒤에서 나를 좀 받쳐달라고, 부디 별일 없이 나이를 먹게 해달라고 부탁하고 싶어지는 것이다. 그러나 가죽복원소 간판 아래로 드나들며 사는 건 아주 별일이어서 보통과 다른 갖가지의 손님들, 저마다의 가족을 이루며 살다가 복원이 필요한 가죽을 들고 찾아온 그들을 대할 때마다 별다른 일이 생겼다.

그럭저럭 고요한 날들을 살았다. 가죽을 취급하는 가게에 주섬주섬 가족을 맡기는 손님들을 만나기 전까지는.

* * *

엄마의 일터는 집에서 그리 멀지 않았다. 고양이가 느긋하게 꼬리를 흔드는 속도로 걷다 보면 한 십 분 정도 걸렸는데, 단독주택과 빌라가 밀집해 있는 곳이라 그런지 대체로 한적한 분위기였다. 그 앞에는 폭넓은 하천이 흐르고 있어 날씨가 좋을 때면 산책하거나 자전거를 타는 주민들이 많았다.

상가주택형 상권이 여러 갈래로 형성된 골목이었다. 오픈을 앞둔 꽃집 옆에는 엄마의 가죽복원소가 들어선 적벽돌 건물이 있고, 이곳에서 나는 가끔 엄마를 거들어 손때 묻은 동전 지갑이라든가 필통을 수선하며 나이를 먹었다. 학교에서 쌓은 지식 위로 틈틈이 가죽 복원 기술을 배우며 지내왔다. 어깨너머로 익힌 기술은 고등학교에 입학할 때쯤 되니 제법 그럴싸한 수준이 되었고, 그 덕분에 손마디가 쑤신다는 엄마를 도와 조금씩 가게 일을 거들 수 있게 된 것이다.

살다 보니 자연스럽게 가업을 잇는 삶의 모양새를 갖추게 된 건데, 가죽 복원이란 게 한번 자리 잡으면 은퇴 걱정 없이 할 수 있는 일이고, 타고난 손재주도 있겠다, 최소한의 대화 외엔 정물처럼 앉아 있으면 되는 업무환경이어서 기꺼이 받아들인 일이었다. 이 분야의 장인이 되리라는 대단한 포부가 있는 건 당연히 아니다. 생활반경을 크게 벗어나지 않고 열아홉 살이 됐으니 앞으로 남은 삶의 모습도 지금과 다르지 않을 것이다.

엄마는, 스무 살이 되면 함께 사장을 하자며 선심 쓰듯 말하곤 했다. '어감이 주는 포스가 있잖냐 포스.' 그렇게 말하며 사장자리를 권했으나 솔직히 회장이나 대표직이 더 끌렸다. 열두 평짜리 비좁은 매장에 사장이 둘씩이나 필요할 리 없을 뿐더러 살아갈수록 어디든 꼭대기라고 생각한 곳보다 더 높은 데가 있다는 걸 알게 된 후부터는 대표 아니면 최고 경영자가 되겠다는 목표가 생겼다. 엄마는 내 포부를 들으며 동업자가 되려면 우선 자격을 갖추라고 말했다.

"자격?"

"나 없어도 손님 상대할 수 있어야지. 물건 맡기러 온 손님이 그 물건을 얼마나 아끼는지 알아차리는 힘을 먼저 키워야 한다고."

얼떨결에 숙제를 떠안게 됐지만 그것이 내게 얼마나 중요한지는 실감하지 못했다.

무사히 고등학교를 졸업하고 나서 시간이 흘러 서른 중후반쯤 되면 지금보다 살아가는 일이 훨씬 재밌을 거라고 생각했다. 그러면 지루한 학사일정을 얼마든지 견뎌낼 수 있었다. 몇 번의 연애 사이에서 부디 사랑에 흥미를 잃지 않는 어른이 되기를. 정중하고 우아한 아저씨가 되고 싶은 것도 내 오랜 바람이다.

"그러려면 일단 슈가보이가 돼줘."

내 계획을 듣고 엄마는 눈썹을 모으며 말했었다.

"넌 설탕이 좀 필요해."

"설탕?"

"혹은 꿀."

그렇지만 사는 게 무미건조한 걸 어쩌란 말인가.

수능을 앞둔 수험생에게 당장 필요한 건 설탕이나 꿀보다 홍삼 엑기스이며, 내 짧지 않은 인생의 컬러는 설탕의 하얀 결정체와 도무지 어울리지 않는 적갈색이다. 양육 기간 동안 설탕인 줄 알았지만 거의 소금만 뿌려댄 아빠는 일 년에 한두 번 만날까 말까 하고 말이다. 슈가보이라느니 설탕이 필요하다느니 하는 말은 내게 어떠한 경각심도 심지 못하고 그대로 튕겨져 나갔다.

엄마는 가끔 알 수 없는 말을 한다.

마루에 앉아 노트북 전원을 켰다.

하늘색 파자마 차림인 엄마는 오늘 아침에도 마당 한구석에 구부정하게 서 있다. 대문 옆 경계석 안쪽의 화단에 생생한 기운이 돌기 시작한다. 반투명한 푸른색 고무관에서 나오는 물줄기가 엄마의 꽃밭 위로 시원하게 쏟아지고, 허공을 긋는 물방울이 늦여름 햇살을 통과한다. 물기를 머금어가는 봉선화며 잡풀을 바라보는 건 엄마의 오랜 즐거움 가운데 하나였다. 엄마는 다육 식물을 유독 잘 돌봤는데, 분갈이하여 키운 다육이가 걷잡을 수 없이 많아져서 마당이 가득 찰 정도였다.

언젠가 가죽 복원하는 일을 쉬게 되면 그땐 정원 꾸미는 일에 집중하고 싶다고, 슬로 라이프를 즐기는 할머니가 되고 싶다고 엄마는 곧잘 말하곤 했다.

그러면 나는 엄마가 그리는 미래를 기대하게 된다. 엄마가 바라는 대로 자연과 더불어 천천히 사는 미래에서, 나 역시 별 탈 없이 잘 지낼 것만 같았으니까.

나는 손깍지를 낀 채 기지개를 켜고는 습관처럼 메신저에 로그인했다.

"아까 주문 전화 왔었어."

마당에 작은 무지개를 만들며 엄마가 불쑥 중얼거렸다.

"복원해달라고."

"그래?"

나는 심드렁히 노트북만 들여다보았다. 별로 놀랍지 않은 소식이다.

"근데 좀 특이한 주문이더라. 장난 전화 같지는 않았어."

"뭐 맡긴댔는데?"

수선이 필요한 가죽을 쓰는 사람들은 느긋한 성격이 대부분이었고, 내 나름의 통계를 놓고 보자면 한낮이나 늦은 저녁에 상담을 요청하는 경우가 많았다.

　그런데 새벽부터 전화 접수라니. 방문 접수와 최근 개설한 홈페이지에서 받는 온라인 접수를 통틀어 이른 아침에 복원을 의뢰한 손님은 이제껏 없었다. 오랜만에 독특한 사람이 걸렸구나, 불안한 예감이 마음속에서 눈 뭉치처럼 뭉쳐지기 시작했다.

　"가족."

　그 한마디를 툭 던진 엄마는 조용히 하늘을 올려다봤다.

　나는 노트북을 소리 나게 닫았다.

　"뭐라고요?"

　"자기 가족을 맡기겠대."

　엄마가 말했다.

　"어떤 부부 좀 복원해달라던데."

　비판과 찬웃음은 넉넉지 않은 가정 형편 덕분에 자연스럽게 체득한 것이었다. 열일곱에 목격한 엄마 아빠의 이혼은 어떤 상황이 닥쳤을 때, 제동을 걸거나 냉각 효과를 냈다. 덕분에 나는 쉽게 차가워졌고 큰 어려움 없이 냉정함을 유지할 수 있었다. 애정이나 정열은 나에게 사전에서나 만날 법한 낯설고 먼 감정이었다. 살면서 한 번 사로잡힐까 말까 하는 어려운 마음이자, 작정하고 덤벼들지 않는 이상 누려보지 못할 기분이었다.

나는 신경질적으로 껌을 씹으며 창밖을 내다봤다. 손님이 올 기미는 조금도 없다. 토요일 아침이라 그런지 한가했다. 엄마는 깜빡 두고 온 혈압약을 가지러 집에 간 참이어서 홀로 가게를 지키고 있었다.

음소거한 TV처럼 고요한 날이었다. 웬 소녀가 무단횡단하듯 끼어들기 전까지는.

"안녕하세요."

노란색 크로스백을 멘 여자아이는 어딘지 모르게 뚱한 얼굴로 가게에 들어왔다.

"복원 좀 맡기려고 하는데요."

하나로 올려 묶은 다갈색 머리와 로봇 캐릭터가 그려진 운동화, 고집스럽게 다문 입술. 키 작은 아이는 많아 봐야 열 살이나 열한 살 정도로 보였는데, 제품을 의뢰하러 왔다면서 손에 든 건 아무것도 없다.

"어떤 거요?"

"저희 엄마 아빠를 맡기려구요."

"……뭐라고?"

"엄마 아빠요. 최지윤이랑 정준수인데요."

잘못 들은 건가 싶어 쳐다봤더니, 여자애는 또 같은 말을 해야 하는 거냐는 듯 눈썹을 꿈틀거렸다. 나는 아이가 문을 열고 들어서기 전에 봤을 복원소의 간판을 생각했다.

가족복원소.

처음 가게 문을 열 때부터 간판이 그 모양이었던 건 아니다.

가죽을 가족처럼 보이게끔 만든 엉뚱한 획은 오랜 세월 동안 흘러내린 빗방울과 새똥의 합작품이었다. 그러니까 우연과 자연이 만든. 돌출된 부분 없는 평면 간판은 가죽만큼 때 타기 쉬웠지만 청소하는 데 특별히 어려움은 없었다. 그리 높은 위치에 건 것도 아니어서 그저 화창한 날에 잠깐 시간 내서 대걸레로 몇 번 문지르면 될 일이었다.

또는 간판 유지보수 업체를 부르면 됐는데, 지금까지 그렇게 하지 않은 건 간판 역할이 축소될 정도로 단골손님이 늘었기 때문이다. 굳이 새 간판을 달아야 할 정도로 보기에 흉하지도 않았다. 오히려 한 자리에서 오래 장사를 이어왔다는 믿음직한 분위기를 자아냈다.

그렇게 '가죽'이 아닌 '가족'을 내걸고 장사한 지 적잖은 시간이 흘렀다. 단 한 글자 차이로 매장의 성격이 완전히 바뀌었지만 재미있다고 웃는 손님들만 있을 뿐 간판 때문에 특별히 곤란했던 적은 없었다.

그랬는데, 역시 그냥 둔 게 문제였을까.

"저기."

가만히 침묵을 견디던 아이가 조심스럽게 입을 열었다.

"저기요?"

"왜?"

"아무 말도 안 하셔서요."

"생각 중이에요."

아이는 고개를 끄덕이며 몇 분 더 기다려줬지만, 그새를 못 참고 종알종알 말했다.

"근데 전화할 때랑 목소리가 다르시네요?"

"전화?"

"아침에 전화했었는데."

"아아."

너였구나. 그 전화.

"그거 나 아니고, 엄마가 받으신 거야."

"아아아."

어쩐지, 하는 얼굴로 살피는 눈동자가 반들반들 빛난다. 호기심과 장난기가 또렷하게 물들어 있는 두 눈을 보며 나는 한숨을 내쉬지 않으려고 애썼다.

명품 가방뿐만 아니라 지갑과 구두, 가죽을 주재료로 만든 제품은 시간의 흐름이 반드시 남고 만다. 사람은 고쳐 쓰는 게 아니라지만 가죽제품은 다르다. 물건의 주인이 원한다면 몇 번이고 고쳐 써도 된다. 색이 바래거나 생활 흠집이 나는 것을 멋으로 여기는 쪽이 많았지만, 지워야 할 흠집이라 생각하는 손님도 드물게 있었고 덕분에 밥벌이가 끊기는 일 없이 이어져온 건데 눈앞의 손님은 그 어디에도 해당되지 않는다. 굳이 분류하자면 불청객 쪽이다. 가족이 수선 가능한 물성을 갖지 않았다는 걸 충분히 알 나이인데 왜 왔을까.

나는 고민하며 아이를 물끄러미 관찰했다. 찢어지거나 스크래치가 난 관계에 타인이 함부로 끼어들어 참견했다간 불똥 맞고 새우 등 터질 위험이 있었다. 몸소 겪지 않아도 알 수 있는 사실이었다.

'여긴 가족복원소 아니야.' 그렇게 말하면 지금의 간판이 되기까지의 과정을 구차하게 설명해야 할 테다. '바쁘니까 나중에 다시 올래?' 이 말은 순간의 위기를 다음으로 미룰 뿐, 곤란함을 계속 진행 시킬 게 분명하다. 복원이란 틀린 걸 바로잡는 게 아니라 처음의 모습을 최대한 되찾는 것이다. 그 의미를 아이가 제대로 알고 있는 건지, 혹시 뜻을 잘못 알고 찾아온 건 아닌지. 내 안에서 불길처럼 번져가던 의아함이 사그라든 이유는 아이의 흔들림 없는 눈빛 때문이다.

어떻게든 제 부모를 문제없던 시절로 되돌리고 싶은 거겠지만 가죽을 다루는 사람에게 가족이라니. 마법사나 신이 아닌 이상 도저히 다룰 수 없는 품목이었다.

"아저씨."

그때 아이가 명랑하게 말했다.

그 조약돌 같은 말에 머리를 얻어맞은 듯했다. 나는 재빨리 두 손을 내저으며 정정했다.

"나 아저씨 아니야."

"아니에요? 오빠예요?"

놀란 아이의 눈이 한껏 커진다.

아저씨도 오빠도 아닌 것 같은데, 그렇다면 삼촌이 적당한 호칭이 되려나. 덩달아 눈을 크게 뜬 나는 조금 울고 싶은 마음이 들었다. 아니, 나 그렇게 노안은 아니라고, 부가 설명을 하고 싶은 걸 간신히 참아냈다. 보통 저만한 꼬마에겐 키 큰 남자 대부분이 아저씨로 보일 수 있다는 걸 알면서도 속상했다.

"얼마 내면 복원해줘요?"

"얼마 있는데?"

나도 모르게 비딱하게 묻고 말았다.

초등학생이 수중에 가진 돈이란 뻔하다. 많아 봐야 몇만 원이겠지. 재듯이 물어보자 금방 표정이 진지해진다.

"비상금 털어 이십팔만 원이요."

아이가 노란색 동전 지갑을 흔들며 의젓하게 말했다.

"원래 더 있는데 그건 통장에 저금했구요. 이십팔만 원에

해주면 안 돼요?"

"안 돼."

나는 내 한 달 용돈보다 많은 액수에 놀라지 않은 척했다.

"못 해. 이백팔십만 원을 가져와도."

그러자 아이가 울음을 터뜨렸다. 느닷없는 소나기처럼. 홀쩍이기 시작하는 아이를 보면서 나는 당황하여 목덜미가 달아올랐다. 이런 경우에 쓸 만한 우산이나 양산이 없었으므로 여자애에게 알았어, 알았어, 하면서 무슨 일이냐고 물을 수밖에 없었다.

"자."

주머니를 뒤적여 찾은 풍선껌을 내밀었다. 망고분말 0.3 퍼센트가 담긴 단물이 나 대신에 울음의 세기를 약으로 조절해줄 거라고 믿으며 포장지를 벗겨주자, 머뭇거리던 아이가 소매로 눈물을 훔치며 껌을 받아들었다.

"괜찮아?"

"맛있어요."

기분이 어떤지를 묻는 말이었지만 아이는 껌의 맛을 평가하며 콧방울에 매달린 맑은 콧물을 손등으로 문질렀다. 풍선껌을 씹으면서 아이는 자신이 가진 가장 내밀한 이야기를 털어놓았다. '우리 엄마 아빠가요.'로 시작된 말은 '어떡하죠.'라는 걱정으로 끝났다.

가죽 피대 위를 가위질하듯이 이어진 이야기는 나도 잘 아는 불행이었다. 면식 없는 여자애의 보호자들은, 그러니까 최지윤 씨와 정준수 씨는 이혼을 앞두고 있었다.

"아닐 수도 있잖아."

오해한 걸지도 모른다고 눙치듯이 말했으나, 아이는 단호한 표정으로 고개를 저었다.

"아닐 수가 없는데."

"왜?"

"이것 봐봐요."

아이는 여러 번 접었다 펼쳤음직한 종이를 내밀고는 불안한 듯 손가락을 만지작거렸다. 나는 건네받은 이혼신고서를 읽고 나서 탁자 위에 올려두었다. 한 손에 쥔 라텍스 장갑은 이미 잔뜩 구겨진 지 오래였다. 낯익은 형식의 서류를 보자마자 먼지 속을 걷는 듯이 목이 칼칼해졌다.

그래서, 어쩌라고.

가만히 두 손을 오므려 쥐었다. 어떤 문제를 안고 있는 부부가 지금 사랑과 전쟁을 찍고 있다 해도 나와는 전혀 상관없는 일이었다. 붕괴 직전의 가족을 맡아 수선할 특별한 능력도 나에게는 없다. 무엇보다 나도 찢어진 엄마, 아빠 사이를 어쩌지 못했는데, 어쩌라고.

오래전 사라진 줄 알았던 불안이 다시금 선명해지는 걸 느끼며 나는 한참 말을 골랐다. 세상의 모든 가족은 어차피 죽음이라는 피할 수 없는 이별 앞에서 꼼짝 못 한다. 어떻게라도 끝끝내 헤어지기 마련이다. 먼 미래에 겪을 이별이 좀 빨리 온 셈 치라고 둘러댈까. 하지만 대충 마무리해 돌려보내기에는 여자애가 너무 어렸다.

"돌겠네."

"네?"

"혼잣말이야."

초조하게 입술을 씹던 나는 문득 엄마라면 무슨 말을 했을까, 생각하다가 멍하니 물었다.

"배고파?"

임시방편이었던 단맛은 이제 소용없어졌다.

주위를 두리번거리며 엄마라면, 다른 누구도 아닌 엄마라면 어떻게 할까, 고민하다가 다시 한번 아이에게 배고프냐고 물었다. 엄마는 어린 시절의 내가 울 때마다 아이스크림을 사주곤 했다. 엄마가 '붕어싸만코를 사줄게.' 하면 나는 서러워서 울다가도 붕어싸만코, 하며 울음을 그쳤었다.

그러나 아무래도 이 아이에게는 풍선껌이나 아이스크림보다 좀 더 오래 먹을 수 있는 따뜻한 음식이 필요할 것 같았다.

"자장면 좋아해?"

"네."

아이가 콧물을 마시며 고개를 끄덕였다.

"좋아하는데, 왜요?"

"잠깐 기다려봐."

나는 휴대폰을 들고 쿠폰을 모으고 있는 근처 중국집으로 전화를 걸었다.

자장면 한 그릇을 단 세 입 만에 해치우는 개그맨을 텔레비전에서 본 적 있다. 웬만한 사람은 따라 하기 힘든 속도라고 생각했는데, 자장면을 제대로 씹지도 않고 먹어치우는 아이를 보니 조금만 더 자라면 그 개그맨의 기록을 금방 따라잡을 수 있을 것만 같다.

"맛있어?"

"네!"

단무지와 자장면을 야무지게 먹는 아이를 보느라 짬뽕을 얼마 먹지도 못했다.

"천천히 먹어라."

그러다 체할 수도 있다고 말했지만 뺨까지 자장 소스가 묻은 아이는 입안 가득 채운 면을 씹느라 정신이 없어 보였다.

"너, 이름이 뭐야?"

"둘이요."

"둘리?"

"정둘이요. 하나, 둘, 셋 할 때 둘이."

"그래, 둘이야. 다 먹고 집에 가라."

신문지를 접으며 딴엔 무게를 잡고 말했는데, 젓가락을 움켜쥔 아이한테는 전혀 통하지 않았다.

"우리 엄마 아빠 맡아줄 거죠?"

꼼짝하지 않고 자리를 지키던 둘이가 재차 자신의 부모님을 이십팔만 원에 떠넘기며 혹시 현금영수증을 끊어줄 수 있냐고 물었다.

학교에서는 이런 상황에 대처할 만한 방법을 배우지 못했다. 나는 끈덕진 대화를 어떻게든 끊어내려고 우선 한발 물러나는 길을 선택했다.

"저기…… 나중에 다시 올래? 고민 좀 해볼게."

그렇게 돌려보낼 때까지만 해도 둘이가 다음 날 바로 찾아올 줄 몰랐다.

"안녕하세요!"

하필 주말이었다. 문을 열고 뛰어 들어온 손님을 보자마자 손질하고 있던 가죽 파우치를 작업 테이블에 내려놓고 주머니부터 뒤적였다. 오늘은 이 녀석이 난데없이 울음을 터뜨려도 달래줄 수 있는 껌이나 사탕이 없다.

"우리 가족 좀 복원해주세요."

당당한 외침은 일요일 오후의 아늑한 평화를 깨트렸다. 저 문을 열고 들어오는 이가 저 아이만은 아니길 바랐는데.

안쪽에서 문의 전화를 받고 있던 엄마가 무슨 일인가 싶어 고개를 들었다. 누구냐, 입 모양으로 묻는 엄마를 본체만체하며 머리를 긁적였다. 둘이는 어제보다 한 꺼풀 더 결연해진 얼굴로 가게 안에 버티고 서 있었다. 정말이지 가죽처럼 질긴 아이였다.

"너 진짜……."

이러다간 과장 조금 보태서 당분간 생업을 포기해야 할 지경에 이를지도 모른다. 소원 같은 의뢰를 받아들이지 않으면 오늘도 엄마와 나의 가게에서 본격적으로 슬퍼할 게 분명하다.

"그래, 네 말대로 너희 가족을 복원해준다고 치자."

나는 결국 참았던 말을 꺼냈다.

"벌어진 틈을 메우면 그 틈이 다시는 안 벌어질 거 같냐? 그때 가서는 뭘 해도 소용없을 거라고, 알아?"

원망의 얼룩이 엉뚱한 데로 튀고 있지만 멈출 수 없었다.

"뭣보다 여긴 가족복원소가 아니라 가죽복원소야."

나는 물론이고 엄마에게도 사람과 사람 사이를 복원하는 능력은 없다. 그런 능력이 세상에 있을 리 없잖아.

"그러니까 돌아가라. 집으로."

어느새 전화를 끊은 엄마는 불청객 말고 나를 바라보고 있었다.

"그래도."

잠자코 있던 둘이가 쏘아보며 말했다.

"간판은 가족복원소잖아요. 가족 복원 주문을 안 받을 거면 이딴 간판 고쳤어야지. 바보예요?"

씩씩대며 밀어붙인 말에 엄마도 나도 아무런 말을 하지 못했다.

이따위 간판, 정말 손봤어야 했다고 다시금 후회할 때였다.

"엄마가 맨날 울어요. 쌍꺼풀이 없는데 쌍꺼풀이 생겼어요. 눈알 덮는 살이 두 줄, 세 줄이 생겼다고요!"

"배고프니?"

한참 만에 엄마가 조심스레 아이의 위장 상태를 물었고, 둘이는 어제처럼 고개를 끄덕였다.

"잠깐만 기다려라."

엄마는 하루 전의 내가 그랬던 것처럼 단골 중국집으로 전화를 걸었다.

"전…… 짬짜면이 좋겠어요."

가까이 다가온 둘이가 촉촉한 목소리로 말했다.

배달음식을 모두 해치우고 나서야 외면했던 의뢰를 마주

보았다. 어떤 간절함으로 똘똘 뭉쳐 있는 손님은 도무지 집으로 돌아갈 생각이 없어 보였다.

어떻게 할 거냐, 묻듯이 바라보는 엄마의 눈을 피하며 나는 한숨을 삼켰다. 무슨 일이 있어도 상관하지 않겠다는 마음은 결국 적당히 장단 맞춰주자는 쪽으로 무게중심을 옮겼다. 나는 연필꽂이 옆에 던져둔 가죽 수첩을 들고 메모할 만한 빈 공간을 찾아 빠르게 넘겼다.

"사람 복원은 처음이야. 그러니까 돈은 안 받아. 결과는 장담 못 하고."

어쩌면 마음이 바뀌지 않을까, 내심 기대하며 말했지만 둘이의 눈빛은 흔들림이 없었다.

"괜찮아요."

내가 안 괜찮은데.

"언제 복원해줄 거예요?"

그렇게 묻는 아이의 얼굴에는 오히려 기대하는 표정이 걸려 있다. 일정을 확인한 나는 최대한 여유 있는 날을 손가락으로 짚었다.

"다음 주 목요일. 그날 엄마 집에 계셔?"

"네!"

아까보다 생기가 도는 얼굴을 바라보며 나는 목덜미를 긁적였다. 물에 젖은 운동화를 신고 걷는 기분이 들었다. 혹은 내가 물에 잠긴 것만 같다. 그렇지 않고서야 이렇게 귓가가 먹먹할 리 없다.

"그럼 그때 보자."

"네!"

믿을 수 없는 의뢰를 기어이 받아들이고 말았다. 불청객은 장난처럼 꾸민 주문서에 이름 석 자를 반듯하게 적어넣고 나서야 배꼽 인사를 하고 가게를 나섰다.

"슈가보이가 됐구나."

둘이가 앉았던 자리를 정리하던 엄마가 슬며시 말을 걸며 미소 지었다.

"뭐가."

"다정해졌잖아."

"다정은 개뿔."

나는 가게 밖으로 나가 괜히 간판을 노려보았다. 안일하게 살아온 결과, 손님의 꼴을 한 혼란이 찾아왔고 그를 빈 손으로 돌려보내는 일이 불가능해졌다.

둘이가 사는 집은 복원소에서 그리 멀지 않았다.

외벽에 얼룩진 곳이 많은 주공아파트는 어딘지 서늘한 데가 있었다. 나는 난감한 얼굴로 아파트를 올려다보았다. 한 손에는 가죽제품을 손질할 때 쓰는 공구 가방을 든 채였다.

둘이의 어머니를 만나면 그간의 일을 차근차근 설명할 생각이었지만 왠지 겁이 났다.

일이 너무 커져 버렸다. 이렇게까지 키울 생각은 없었는데.

"여기 맞아?"

"네, 205호요."

둘이가 진지한 얼굴로 내 손을 잡았다. 망설이던 나는 조그만 손이 이끄는 대로 계단을 올라갔다.

"잘 안 될 수도 있어."

"알아요."

"기대하면 안 돼."

"네! 근데 좀 기대되는데."

"안 돼. 하지 마."

지금 아이와 함께 이러는 건 단순한 이벤트라고 속으로 되뇌었다. 이 녀석 어머니에게는 당연히 몰래 양해를 구해야 할 것이다. 그러므로 둘이가 어떠한 기대도 갖지 않길 바랐다. 가족의 상황이 지금보다 나아지리란 바람 같은 건 아예 품지 않았으면 했다.

나는 서서히 몰려오는 긴장감을 풀려고 깊게 심호흡했다. 초인종을 누르자 한참 기다리고 나서야 문이 열렸다.

"누구세요?"

파마기가 조금 남아 있는 단발머리. 품이 넓은 남색 티셔츠와 청바지. 그리고 제 딸 옆에 서 있는 낯선 남자애가 누구인지 살피는 날 선 눈초리.

"누구시죠?"

여자가 둘이를 안쪽으로 끌어당기며 다시 물었다. 엄마의 등 뒤에 숨는 꼴이 된 둘이가 불안한 표정으로 엄마, 하고 외쳤다.

"무슨 일로 오셨어요?"

"복원하러 왔습니다."

"복원이요? 보건소?"

"아뇨, 복원소에서 왔습니다. 가죽복원소요."

나는 준비해온 말을 더듬더듬 늘어놓았다.

"원래…… 가죽 가방과 지갑, 구두 같은 걸 복원하거나 염색하지만, 가끔 사람 사이를 다듬기도 합니다. 둘이가 그래서 저희 가게를 찾아온 거구요."

진중한 얼굴로 삼 초간 침묵.

이만하면 됐다 싶어 다시 말을 이었다.

"보통 온라인 예약을 받고 나서 사진으로 상태 확인 뒤에 작업 들어가는데 오늘은 직접 방문했습니다."

"작업이라뇨?"

"실례지만 둘이 아버님과의 사이가…… 그러니까 최지윤 씨랑 정준수 씨 사이가, 가볍게 스크래치 난 건지 아니면 거의 절단 상태인지……."

"기가 막혀."

여자가 화난 얼굴로 말했다.

"이봐요! 보아하니 학생 같은데, 가서 공부나 해요."

나는 닫히는 문 사이로 다급하게 외쳤다.

"아시다시피 가족은 사람이라서 사람의 힘으로 복원 가능한데요."

여기까지 말했을 때 여자는 금방이라도 고함을 지를 것처럼 보였지만, 재빨리 건넨 이혼신고서를 보곤 입을 다물었다. 방문의 목적이 무엇인지 어렴풋이 깨달은 눈빛을 마주보며 나는 고개를 살짝 끄덕여 보였다.

여자가 이마를 짚으며 둘이와 나를 번갈아 바라보았다.

"……설마."

"괜찮아요."

괜찮다고, 이 모든 우발적인 만남에 혹여라도 부담을 갖지 말라고 속으로 덧붙였다. 그와 동시에 잊고 있던, 잊고 싶었던 아빠의 얼굴이 물웅덩이에 비친 듯 어른거린다. 이젠 복원 불가능한 그 사람은 지금 어디에서 뭘 하고 있을까. 나와 엄마를, 우리를 조금쯤은 생각할까. 생각해줄까.

아직 늦여름인데, 겨울이 오려면 멀었는데 가슴 한구석으로 난데없이 찬 바람이 몰아치는 것 같았다. 어린 날에 들었던 방문 닫히는 소리. 엄마의 울음소리. 나는 모르는 새에 여러 조율과 합의를 거쳐 서명을 마쳤을 부모님의 이혼신청서.

쾅.

귓가에 태어나 처음 배운 불안의 소리가 울려 퍼지는 것만 같을 때.

"잠깐 들어올래요?"

둘이의 어머니, 지윤이 살짝 비켜서며 말했다.

"학생이 많이 난처했겠네."

전기포트를 찻잔에 기울이며 지윤이 연신 사과했다.

"미안해요."

나는 찻잔에 넣어둔 홍차 티백이 뜨거운 물속에서 우러나는 것을 지켜보다가 손사래 쳤다.

"처음엔 좀 놀랐는데, 지금은 괜찮아요."

그러니 둘이를 다그치실 필요 없다고 조심스럽게 덧붙이자, 콧잔등을 찡그리며 희미하게 웃는다. 제 방에 들어가 있는 둘이가 신경 쓰였으나 대화는 계속되었다.

"둘이가 뭐라고 말하던가요? 그러니까…… 나랑 남편에 대해서."

나는 티백을 조금 흔들며 머뭇거렸다.

"자세한 얘긴 못 들었어요."

이제 와 남의 가정사를 캐물을 입장도 아니었거니와 그리 알고 싶지 않은 사생활이었으므로 넘어가려는데, 아까보다 누그러진 목소리가 이어졌다.

"성격 차이."

"……."

"우리 둘만의 차이면 좋겠는데 이게 집안사람들도 엮여서."

거기서 더 이어지는 설명은 없었다. 나는 어리둥절해하다가 아, 하고 고개를 들었다. 결혼은 사랑하는 두 사람이 법적으로 가족이 되는 것뿐만 아니라 그들과 엮인 형제, 자매, 부모, 친척들과도 명절이나 집안 대소사마다 기꺼이 얼굴을 맞대며 지내야 하는 일을 뜻한다. 그러한 연례행사 사이에서 얼마나 많은 감정이 소모되는지 나는 잘 알았다.

그러니까 두 사람은 흔한 이유로 헤어지는 거였다. 가족이라는 울타리 안에서 크고 작은 마찰로 일어난 불씨를 꺼트릴 타이밍을 놓치고서.

"아주 난리를 치다가 잠깐씩 괜찮아지고, 그런 생활을 반복하다 보니까 결국 이렇게……."

"무슨 말씀이신지 알 것 같아요."

잠자코 듣다가 나도 모르게 중얼거렸다.

"저도 아는 거예요."

"그래요?"

지윤이 씁쓸히 웃었다. 무미건조한 그 얼굴을 보며 나는 고개를 한 번 끄덕였다. 결혼도 안 한 학생이 그걸 어떻게 아느냐는 우스갯소리를 건너뛴 자리에 정적이 흘렀다. 그리 힘겹거나 부담스럽지 않은 고요 속에서 나는 속으로 내게 말을 걸었다.

괜찮아.

* * *

비어 있는 고무대야 위로 단풍잎이 떨어진다. 마당 구석 아담한 수돗가는 엄마가 없어서 그런지 아침인데도 바짝 말라 있다.

나는 졸린 눈을 비비며 엄마의 화단을 바라보았다. 그날로부터 벌써 보름이 흘렀다. 일 년이 지나도 둘이의 의뢰를 잊지 못할 거라고 거의 매일 밤 생각했다. 눅눅히 젖어 들던 그날 오후를 떠올리며 등 뒤로 두 손을 널찍이 짚었다. 눕듯이 앉아 있다가 결국 풀썩 누워버렸다.

세상에는 갈라져야만 하는 사이도 있는 거다. 멀어져야 비로소 평안해지는 관계도 있는 거니까. 그렇다 해도 역시 궁금하다. 사람과 사람이 복원될 수 있을까. 그럴 수 있는 관계가 세상에 과연 존재할까. 변색되고 해어진 관계를 처음처럼 되돌릴 수 있을까. 그런 일을 사람이 할 수 있을까.

대문 열리는 소리가 들리고 엄마가 느린 걸음으로 마당을 가로질러 왔다. 머리맡에 허리를 굽히고 선 엄마의 얼굴이 거꾸로 보였다.

"먹어봐. 달아."

엄마가 장바구니에서 등황색 감귤 하나를 꺼내 내밀었다. 나는 그걸 받아 손에 쥐고 말랑말랑해질 때까지 주무른 다음 껍질을 까서 입에 넣었다.

"달다."

"달지."

가까이서 엄마가 빙긋이 웃는다.

늦여름의 깜짝 손님 때문에 엄마 역시 자신의 복원할 수 없는 사람이 떠올랐을 텐데, 여전히 무두질한 가죽처럼 부드럽게 미소 짓는다. 복원할 수 없는, 복원하지 않아도 되는 관계를 공유하는 우리는 언제나처럼 이렇게 달디단 귤을 까먹으며 잘 지내리라는 예감이 든다. 그러다 보면 삶을 차지하는 당도의 비율이 높아져서 뭐든 괜찮아지는 날이 늘 것이다.

바라는 건 그 애도 아무쪼록 그랬으면 좋겠다는 것이다.

나는 문득 간판을 떠올렸다. 가족복원소는 당분간 따로 세척하거나 교환하는 일 없이 그대로 가족복원소로 남을 테다. 복원 기술이 절실히 필요한 누군가가 곧장 들렀다 갈 수 있도록. 맡기려는 것이 설령 물건 아닌 사람일지라도.

"졸업하면, 명함 하나 파줘."

"명함?"

"가족복원소 대표로다가."

벌떡 일어나며 말하자, 엄마가 소리 내어 웃었다.

"엄마."

"왜?"

"슬로하게 살아. 지금부터 그래도 되잖아."

"지금도 충분히 그렇게 살고 있어."

엄마가 말했다.

"요즘 사는 게 마음에 든다."

"그래요?"

"너도 그랬으면 좋겠는데."

나는 엄마를 따라 조금 웃다가 두 눈을 감았다. 잠시 후 실눈을 뜨고 바라본 마당에는 가을이 들어차 있었다.

모자란 것 하나 없이 완벽한 가을이다. 그렇다 보니 공부하다가도 틈틈이 둘이와 둘이 가족의 지금 현재가 어떨지 생각하게 됐다. 어느 날 예고 없이 일상에 걸어 들어온 아이가 복원 불가능한 가족관계 사이에서 어떤 표정으로 지내고 있을지 궁금하게 된 건데, 수험생이라는 신분 탓에 호기심이 오래이어지진 않았다.

바람이 계절에 맞춰 달리 불기 시작할 때 둘이와 다시 만났다. 어떻게 지내는지 궁금한 이를 생각하는 횟수가 쌓이면 우연한 만남이 앞당겨지는 걸지 모른다. 누군가를 향한 관심을 일정량 이상 모으면, 길에서 마주치거나 소식을 듣게 되는 생애의 법칙이 있는 거라고 믿고 싶다. 그런 식으로 그리운 사람과 만날 수 있다는 생각을 하면 걸어본 적 없는 길을 빙 돌아 걷고 싶어진다.

토요일 오전 내내 도서관 열람실에서 밀린 문제집을 풀다가 집으로 돌아가던 길이었다. 주유소 앞 횡단보도에서 신호가 바뀌기를 기다리고 있는데 익숙한 목소리가 말을 걸어왔다.

"아저씨!"

고개를 돌리니 머리카락이 자란 듯한 둘이가 다가와 서 있었다. 두어 걸음 옆에 떨어져 선 둘이의 어머니가 장바구니를 든 채 눈인사를 건네왔다. 깜짝 놀란 나는 무릎을 짚으며 몸을 숙였다.

"잘 지냈어?"

오랜만이다, 근데 나를 방금 또 아저씨라고 부른 거냐고 인사를 건네자 둘이가 고개를 끄덕이며 쑥스럽게 웃었다. 처음 복원소에 찾아왔던 날보다 키도 좀 큰 것 같다.

"나중에 내 머리띠 맡기러 가도 돼요?"

"머리띠?"

"뜯어진 부분을 고쳐야 돼요."

아무래도 가죽이든 에나멜이든 표면이 벗겨진 모양이었
다. 환영할 만한 방문 목적을 듣자마자 나도 모르게 웃고 말
았다.

"가져와. 그건 복원해줄 수 있을걸."

둘이가 입술을 삐죽 내밀며 웃었다. 동지애가 느껴지는 아
이에게 기꺼이 친절을 베풀고 싶어진다. 눈높이를 맞추느라
내내 숙이고 있던 허리를 폈다.

"잘 지냈어요?"

그때 곁에 서 있던 지윤이 넌지시 말을 걸었다.

"네, 안녕하세요."

마주 웃던 지윤의 입술이 천천히 벌어졌다. 그 순간 도로를
지나던 자동차가 경적을 울린 바람에 제대로 듣지 못했지만,
입 모양으로 읽은 인사말은 나를 예기치 못한 슈가보이로 만
들었다.

고마웠어요.

2

필통 속의 노래

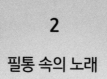

원목 테이블 위로 햇살이 사선으로 비춰든다.

토요일 오후 네 시. 통유리 너머로 와닿는 빛의 종류가 달라졌음을 알 수 있는 시간이다. 테이블 한편에 쌓아놓은 조간 신문과 오랫동안 같은 쪽에 책갈피가 꽂혀 있는 시집, 오렌지 브라운 색상의 가죽 지갑에 곧게 비치는 햇빛으로 말하자면 이맘때 찾아오는 방해꾼이었다. 이제 곧 날이 저물 것이다.

해가 내리쬐는 기운이 강해 눈살을 찡그리면서도 필통의 금속 로고 닦는 일을 멈추지 않는 건 몸을 움직이기 귀찮은 탓도 있지만, 집중하고 있는 이 시간을 좀 더 연장하려는 고집 때문이기도 했다. 조금만, 조금만 더, 하며 작업하다 보면 앉은 자리에서 일어나 커튼 치는 사소한 일마저 미루게 된다. 햇살에 옆얼굴이 꼼짝없이 타고 말 텐데도.

오늘 선크림을 바르고 나왔던가, 생각하다가 나도 모르게 혀를 찼다. 귀찮아서 로션만 바르고 집을 나서려고 할 때마다 엄마는 잠깐만, 하며 굳은 얼굴로 다급히 붙잡아 세우곤 했다. 그러면 나는 무언가 중요한 일이라도 잊었나 싶어 돌아서고, 그런 나에게 엄마는 짓궂은 충고를 찬물처럼 끼얹는 것이다. 너 말이다, 꾸준히 관리해야 피부 미남이 되지.

나는 꽤 봐줄 만하다고, 키도 크고 피부도 이 정도면 제법 괜찮은 편이라고 꿍얼거리며 마른 천을 접었다. 그러나 엄마의 조언 아닌 조언을 귀담아들은 덕분에 여드름이 이마와 뺨과 턱을 휩쓴 사춘기를 비교적 무탈하게 지내왔으며 어쩌면 나는 이것을 두고두고 감사해야 할지도 모르겠다. 안 그래도 만나는 사람들로부터 '학생 피부 정말 좋다.' '잡티 없이 어쩜 그리 매끈해.' 같은 칭찬을 종종 듣는 편이었으니.

무심코 뺨을 쓸어보던 나는 보드라운 피붓결에 조용히 뿌듯해하다가 이게 뭐 하는 짓인가 싶어 손을 슬그머니 등 뒤로 감췄다. 잡생각을 떨쳐내려면 몸을 바삐 움직여야 한다. 서둘러 선반에서 두 개의 열판을 꺼내 작업대 위로 올려두고 손깍지를 낀 채 스트레칭을 했다.

변색된 가죽 원단에 염색약을 바르기 전에 해야 할 일이 있었다. 열을 가해 가죽에 남아있을 수분기를 없애는 작업은 단순하면서도 중요한 일이다.

요즘 들어서 혼자 할 수 있는 수준의 일은 자투리 원단으로 틈틈이 연습하곤 했다. 수선 의뢰품이 밀릴 경우가 생겼을 때 엄마가 시키지 않아도 미리 일손을 보태려면 단순 반복 작업이어도 잘 해내야 했다.

산산이 흩어질 뻔한 집중력을 다시 끌어모아 좌우로 천천히 손을 움직였다. 뒷목이 살짝 뻐근했지만 오늘처럼 창가 쪽 작업대에 앉아 의뢰품을 손볼 때의 속도를 감안하면 앞으로 한두 시간은 더 작업에 몰두할 수 있을 것이다. 복원소에서의 시간은 가죽에 스민 미싱 기름이 마르기까지 걸리는 시간보다 빨리 흐른다.

엄마에 비하면 풋내기지만, 나름 책임감이랄 것이 생겼다. 그 덕분에 치열하고도 단순한 열아홉의 마지막 겨울을 보내고 있다. 아무래도 여유가 생기다 보니 엄마의 가게에서 살다시피 지내게 된다. 결과야 어찌 됐든 무사히 수능을 치른 지금, 내가 할 수 있는 일이란 그저 성적을 기다리며 조마조마한 채 12월을 보내는 것이 전부였다. 이 또한 잠시 동안의 일상이 될지도 모른다.

가죽을 다루는 쪽으로 장래를 확정했지만 무엇 하나 확실히 보장된 것은 없다. 복원소의 앞날을 정하는 건 어디까지나 엄마의 권한이었으니까. 하지만 점차 일상에서의 중심을 잡는 일이 어려워지는 걸 느낀다. 수험생이라는 신분과 가죽 수선이라는 영역에 두 발을 걸치고 있다가도 어느 순간 한쪽으로 홱 기울곤 했고, 그런 나를 미리 예상하고 던진 엄마의 말을 나는 명심하고 있다.

복원소 안팎에서 내 시간을 살 것.

지금 현재에만 누릴 수 있는 거의 모든 것을 부지런히 경험할 것.

천연이든 인조든 누군가의 손때 묻은 가죽제품을 세탁하거나 수선하는 일에 갈수록 매료되었고, 내 능력이나 적성은 어떤 관성을 좇아 가죽을 가공하는 분야로 쏠리고 있다. 가죽에 일어난 보풀을 제거하는 사소한 순간에서조차 곧장 빠져나오지 못했는데, 수선 작업이 끝난 물건을 포장하여 일일이 송장을 붙이는 잔심부름마저 좋았다.

이만큼 진지해지려고 한 게 아닌데. 이렇게까지 빈틈없이 마음을 붙이려고 한 적 없는데. 당황하면서도 그러려니 하며 지내는 내게 엄마는 오늘도 지나가는 투로 한마디 한다.

"작업에만 너무 매몰되지 말고."

가게에 머무는 시간이 늘었다며 운을 뗀 엄마는 허리춤에 두 손을 얹은 채 다시금 말했다.

"강요하는 건 아닌데, 좀 놀고 그래."

"알아서 할게."

"사고만 치지 않는다면 외박도 허락해주마. 상준이는 요즘 어떻게 지낸데? 통 못 봤네?"

"걔 바빠."

열다섯 살부터 가까이 지낸 한상준이야말로 엄마가 바라는 이상적인 아들의 삶을 살고 있다고 할 수 있다. 지금 한창 청춘사업을 하느라 바쁜 상준으로 말하자면 엄마가 이름부터 거주지까지 파악하고 있는 몇 안 되는 내 친구로, 독서실에서 만난 다른 학교 학생과 얼마 전부터 교제 중이었다.

"놀러 오라 그래. 피자 시켜줄게."

"오케이."

심드렁하게 대답하고는 다시 작업대 위로 고개를 숙였다. 그러다가 예약접수 내역이 적힌 수첩을 집어 드는 엄마의 옆모습을 물끄러미 보았다. 엄마에게 꼭 묻고 싶은 말이 있었다.

"요새 만나는 사람 없어?"

예상 못 한 말이었는지 엄마는 잠시 아무 말도 하지 않았다.

"만나 봐요, 괜찮은 사람 있으면."

"갑자기 잔소리하기냐."

"엄마야말로 일만 하지 말고."

대수롭지 않게 건넨 말속에는 이제 스무 살을 앞둔 아들은 신경 쓰지 말고 엄마 본인의 인생을 살아보라는 진심이 담겨 있었지만 제대로 전해졌는지 알 수 없다. 혹시 쓸데없는 말을 했나. 어른의 사정을 하나도 고려하지 않은 철없는 제안이었을까. 하지만 엄마야말로 집 아니면 복원소가 전부인 일상을 살고 있었다.

미성년 아들을 돌보고 가게를 운영하며 살아 나갈 방도를 찾느라 많은 것을 포기해야 했다는 것을 안다. 그것에 대해 언젠가 한 번쯤 말을 얹어야겠다는 생각을 하던 참이어서 조금 전 발언을 도로 주워 삼키고 싶다는 생각은 들지 않는다.

"차진구 너, 좋아하는 사람 생겼어?"

그런데 갑자기 대화가 왜 이리 튀는지 모르겠다. 할 말이 없어진 나는 입을 다물었다. 그런 나를 보며 엄마는 실실 웃었다.

"언제 이렇게 컸지?"

"아, 진짜."

놀리려나 싶던 엄마가 웬일인지 산뜻하게 물러서며 패딩을 입었다.

"잠깐 가게 좀 봐줘. 우체국 갔다 올 테니까."

나는 어정쩡하게 테이블을 짚고 일어섰다.

"택배 붙이게? 같이 가요."

"아냐, 얼마 안 돼서 혼자 갔다 와도 돼."

의자 등받이에 걸려뒀던 목도리를 목에 걸친 엄마가 출입문 손잡이를 잡아당겼다. 출입문 위에 달아둔 차임벨이 짧게 울리다 그쳤다. 나가려던 엄마가 다시 문을 닫고 돌아선 것이다.

"왜? 뭐 놓고 갔어?"

"저거 간판 말이야. 여유 있을 때 좀 닦아둘까?"

"……그럴 필요 있나."

"요즘 자꾸 눈이 가서."

나는 엄마의 눈빛에 서린 장난기를 못 본 척했다.

"또 누가 가죽 말고 다른 거 고쳐달라고 오면 어떡해?"

"그럴 리가 없잖아요."

"인생 모르는 거다."

그러나 가죽 아닌 가족을 복원해달라며 방문하는 손님은 더 이상 없을 것이다. 애초에 가족 사이를 지금 상황보다 나은 방향으로 수선하려는 이들은 복원소가 아니라 변호사나 상담 전문가를 찾아갈 테니까. 엄마가 공연히 끄집어낸 지난 기억 때문에 다시금 난감해지려 한다. 그런 내 마음을 아는지 모르는지 엄마는 싱글싱글 웃는다.

"이따 뭐 먹을까? 먹고 싶은 거 있어?"

"치즈 토핑 추가한 피자."

"그래, 한 여섯 시 반쯤 나갈 준비해 둬."

종이테이프로 동봉한 박스를 챙긴 엄마가 유리문 너머로 멀어졌다.

나는 한참 숨을 참았던 사람처럼 숨을 길게 들이마셨다. 그러고는 발치에 켜둔 전기난로에 습관처럼 한 손을 갖다 댔다. 따뜻하다. 손등으로 온기를 느끼며 잠시 눈을 감았다가 떴다. 저물녘의 햇살이 그림자를 만들고 있다. 가게 곳곳에서 풍기는 가죽 냄새를 맡으며 소형 다리미의 전원을 켰다. 안 쓰던 손수건을 두 장 겹쳐 깐 다음 다리미의 열이 오르길 기다린다.

이번에는 새로이 열처리를 해보려 한다. 엄마에게 배우지 않은 방법으로, 엄마 없이. 손을 데우는 열기와는 비교도 안 될 만큼의 열의가 내 안에서 꿈틀거린다. 열정이나 욕심에서 싹튼 마음이 아니라 단순한 자존심이었다. 해보자고, 중얼거리며 다리미를 들었다.

열처리 작업이 손에 익으려면 어느 정도의 시간이 필요할까. 골몰히 생각하면서도 이외에 연습해야 할 다음 작업에 대한 고민으로 머리가 조금 아파왔다. 사포 혹은 면도날로 가죽 표면을 매끄럽게 정리하는 기초 작업마저 쉽지 않아서 며칠 동안 골머리를 앓겠다고 예감했는데, 의외로 다른 일이 불쑥 속을 태웠다. 다음 날 엄마가 난데없이 운전면허학원 이야기를 꺼낸 것이다.

"뭐라고요?"

복원소에 막 들어서던 나는 목도리를 풀던 손을 멈칫하며 돌아섰다.

"운전?"

"시간 있을 때 면허 따두는 게 좋아. 대학생 되면 의외로 시간 내기 어렵거든."

운전면허학원에 등록하는 것이 어떻겠냐고 종이비행기를 날리듯이 엄마가 물었고, 그 말이 정확히 가슴에 내려앉아 어떤 소리를 냈다. 운전하는 일이 당장 내가 가진 능력이 될 수 있다는 사실이 왠지 믿기지 않았다.

"사람은 기동성이 있어야 돼."

"기동성이라."

나에게 어울리지 않는 낯선 말이었다. 한번도 고려해본 적 없는 단어이기도 했다. 건성으로 듣는 나를 알아차린 엄마가 염색약을 묻힌 스펀지를 흔들며 말했다.

"어디든 내가 원할 때 차 끌고 가는 능력이 있어야 한다고. 당장 내 차가 없더라도."

"언젠가 따긴 하겠지만."

"요즘 시간 있잖아. 나중으로 미루지 마."

엄마가 매몰차게 당부했다.

살아보니 차를 몰 수 있는 건 생각보다 평범한 능력이 아니며, 적당한 시기를 놓치면 내 것으로 만들기 어려운 자격증 중에 하나라면서 엄마는 서둘러 학원을 알아보라고 했다. 면허가 있으면 일단 삶의 반경이 넓어질 거라고 덧붙이는 대목에서는 어쩐지 나 이외에 다른 이에게도 말하는 듯한 느낌이 들었다.

마흔 살 생일 기념으로 뒤늦게 운전면허를 땄다던 엄마의 말이 얼핏 떠오른다. 엄마는 간혹 엄마가 겪었던 불편함을 내가 겪지 않기를 바라는 마음을 내비칠 때가 있었다.

"혹시 차를 사주시려는 건가? 가까운 미래에?"

"웃기시네."

엄마가 그것만은 어림도 없다며 픽 웃었다.

"가까운 미래에 돈 모아서 자차 뽑는 행운을 누리길 바란다, 너 스스로."

"아아!"

"뭐가 아아야."

한껏 아쉬운 척하며 지관통에 넣어둔 가죽 원단 수량을 확인했다. 엄마만큼 가죽 클리닝이며 염색 작업에 능숙해지려면 아직 멀었지만 복원소에 머무는 시간이 늘어갈수록 복원 업무를 보조하는 범위는 하루하루 넓어지고 있다.

엄마는 다시 작업에 몰두했다. 나는 목도리에 일어난 보풀을 뜯으며 시선을 돌렸다.

엄마에게 엄마의 일이 있듯이 나에게는 나의 일이 있다는 것을 안다. 늘어난 책임감의 무게를 들먹이며 엄마의 일상에 관여했다가 아무런 도움도 되지 못하고 문제만 일으킬지도 모른다. 서툰 실력으로는 엄마 몫의 일을 처리할 수 없다는 사실도 잘 알고 있다. 무엇보다 수강료를 보태줄 테니 학원에 등록하라는 엄마의 제안이 나쁘지 않았으므로 다음날 수험표를 들고 집에서 제일 가까운 운전면허학원에 찾아갔다.

일단 내가 할 일을 하자. 무엇이든 배우고 익혀서 내 것으로 만드는 게 목표라면 목표였다.

"기능, 도로주행까지 해서 육십만 원이에요."

거기에다 문제집 비용은 별도.

접수처 직원의 안내를 들으며 엄마에게 받아온 신용카드를 꺼냈다. 수험생 할인 혜택을 받아도 비용이 부담되는 건 어쩔 수 없다. 하지만 이왕이면 듬직한 SUV를 몰고 싶어서 1종 보통으로 수강신청을 마치고 학원을 나섰다.

12월의 사나운 바람이 기다렸다는 듯 얼굴을 때려온다. 칭칭 동여맨 목도리 안으로 최대한 얼굴을 파묻은 채 숨을 내쉬었다. 학원 앞의 코스별 기능장을 오가는 노란색 차량 쪽으로 자꾸 눈이 갔다.

집과 학교, 집과 복원소를 오가던 일상이 갑자기 그 이상으로 넓어지려고 한다. 처음으로 삶의 영역을 넓히고 싶다는 욕구가 생겼다. 가능하면 멀리까지. 버스 정거장으로 향하는 순간에도 바람이 멎지 않고 등을 떠밀었다. 한번 해볼까, 하고 긴가민가하던 고민은 어느새 까짓 거 해보자, 하는 결심으로 바뀌었다.

"벌써 차를 몬다고요?"

보름 후 교통안전교육 자료를 시청하고 나서 차에 타라는 강사의 말이 비현실적으로 들렸다.

"네, 오늘부터."

컬이 굵은 파마머리를 한 그는 엄마와 동년배로 보였는데, 학원 초창기부터 교육을 진행해온 강사라고 했다. 아마도 많은 연수생의 긴장을 풀어줬을 미소를 보면서도 초조한 느낌이 가시지 않았다. 아무리 강사가 옆자리에 탑승한다고 해도 너무 갑작스러웠다. 이론만 배웠을 뿐인데 바로 운전을 하다니.

"처음엔 다들 겁먹으시는데, 막상 운전대 잡으면 금방 적응하세요."

"정말 그럴까요."

"물론!"

옆에서 봐줄 테니 가봅시다, 하고 안전띠를 매는 유쾌한 강사를 보면서도 내키지 않았다.

"무서워요?"

"조금요."

낯선 일을 계속하여 내 것으로 만들고, 그 일을 잘 해내는 것. 부담이 됐지만 어떻게든 해내게 돼 있다는 사실이 얼떨떨했다. 나는 우선 배운 대로 자동차 시트를 내 몸에 맞게 조절하고 백미러를 확인했다. 안전띠를 맨 후 시동을 걸자, 강사가 씩 웃었다.

"자, 이제 도로를 달린다고 생각해봅시다."

그렇게 해서 트럭을 몰고 주행코스로 나섰다. 스톱. 브레이크 살살. 신호 잘 보고, 출발하세요. 차선 잘 유지하시고. 옆에서 강사가 나긋하게 지시하는 대로 따르다 보니 어느새 직선도로와 커브도로 위를 서행하고 있었다.

"실제로 앞차랑 간격 유지한다고 생각해야 돼요. 계속."

운전대에 손을 얹으며 주행을 도와주는 강사의 말을 귀담아 듣느라 상체에 힘이 들어갔고, 삼십 분 남짓한 시간이 한 시간보다 더 길게 느껴졌다.

"잘하는데요?"

"감사합니다."

십년감수한 심정이었다.

틈틈이 다독여준 강사 덕분에 강습이 끝난 무렵에는 거짓말처럼 자신감이 붙었다.

"다음 주에 봐요."

강사가 특유의 부드러운 미소를 지으며 인사했다. 휴게실이 있는 건물로 들어가는 뒷모습을 지켜보다가 돌아서던 나는 몇 걸음 앞에서 빠른 걸음으로 학원을 나서는 여자의 발치에 뭔가 떨어지는 것을 발견했다. 처음에는 지갑인 줄 알았는데 필통이었다.

필통을 주운 나는 몇 번 입만 뻥긋하다가 소리 내어 여자를 불렀다.

"저기요!"

모자를 쓴 여자가 살며시 돌아보았다. 지금 나를 부른 거냐고 의아해하는 여자에게 필통을 높이 들어보였다.

"이거 떨어트리셨어요."

"아……."

모자챙 아래로 보이는 맨 입술이 살짝 벌어졌다. 안경을 낀 젊은 여자는 가방 지퍼가 반쯤 열려 있던 것을 확인하고 뜨악한 표정을 지었다.

나는 여자에게 필통을 넘겨주면서 습관처럼 필통의 상태를 살펴보았다. 오래 사용했는지 지퍼에 달린 가죽 스트랩이 낡았고 무엇보다 모서리마다 칠이 벗겨져 염색이 별도로 필요해 보였는데, 이것저것 견적을 내보다가 나도 모르게 직업병이라도 생겼나 싶어 헛웃음을 삼켰다.

"고맙습니다."

필통을 건네받은 여자가 빠른 걸음으로 멀어졌다.

턱을 긁적이며 버스를 타러 가는데 필통 옆면에 금실로 새겨져 있던 이름 석 자가 입안을 맴돈다.

최유지.

아마도 필통 주인의 이름이겠지. 누군가 선물로 이름을 새겨준 것일지도 모르겠는데, 사용감이 제법 되어 보였으니 분명 오래 간직할 만큼 소중한 필통일 것이다.

조금만 손보면 더 오래 사용할 수 있을 텐데 어쩐지 아쉬운 기분이 든다. 사람이 나이 들면 쇠약해진 상태에 맞춰 여러 영양제를 처방받거나 물리적인 치료를 감행하듯이, 가죽 제품 또한 손상 정도에 맞게 수선해주는 것이 좋다고 엄마는 입버릇처럼 말하곤 했다. 살아생전 동물의 몸을 감싸던 껍질을 벗겨낸 것이든 인공피혁이든 잘만 가꿔주면 오염됐거나 손상된 부분을 감쪽같이 되살릴 수 있으므로.

하지만 결국 주인의 성격과 씀씀이에 맞춰 쓰이다가 누군가에게 대물림되거나, 서랍 한구석에서 잊혀질 것이다. 혹은 분리수거장에 버려질 수도 있다. 물성을 가진 모든 물건의 마지막이 그렇듯이.

아쉬웠지만 머릿속 한편으로 필통을 밀어냈다. 나에게는 이미 사사로이 신경 써야 하는 가죽 의뢰품들이 많이 있다. 각자 보관되어 있는 택배 상자나 진열대, 선반, 지관통 사이에서 어서 저를 좀 봐달라고 중얼거리거나 소리치고 있고, 그 소리를 외면할 수 없는 노릇이니 새삼스럽게 어깨가 무거워진다. 역시 직업병이 생긴 게 틀림없다.

"저 왔어요."

문을 열며 복원소 안으로 들어서자, 바람이 따라 들어왔다.

"어, 너 집에 안 가고 왜 왔어?"

고개를 쭉 빼며 말하는 엄마는 혼자가 아니었다. 방문 손님과 의뢰품 상담을 하거나, 차를 마시는 용도의 원목 테이블에 처음 보는 사람과 함께 앉아 있었다.

"그냥."

얼버무리며 대답하는 나를 보며 잿빛 머리카락의 노인이 미소를 지었다.

"제 아들이에요."

"아, 그렇구나. 키가 크네."

누구시냐고 묻는 내 눈빛을 읽은 엄마가 이번에는 찻잔을 내려놓고 할머니를 소개했다.

"요 옆에 꽃집 내신대."

"안녕하세요."

말하자면 상가 이웃이 될 할머니였다. 인사차 잠시 들렀다가 대화가 길어진 모양이었다.

"너무 오래 있었네요."

"아니에요, 종종 놀러 오세요."

외투를 챙겨 입고 나서는 할머니를 배웅하자, 잠깐 문이 열린 틈에 찬바람이 새어 들어와 복원소 안의 훈기를 휘저었다. 엄마가 조금 상기된 얼굴로 입을 열었다.

"정정해 보이시지? 올해로 예순일곱이라시네."

"진짜?"

분홍빛 털모자를 쓴 할머니가 느린 걸음으로 멀어지는 모습에서 눈을 떼기 어려웠다.

"그나저나 차친구. 내가 너한테 같이 사장을 하자고 제안하긴 했다만."

엄마가 눈썹을 세우며 불쑥 말했다.

"그만큼 너도 실력 쌓아야 하는 거 알지?"

"알아. 전에도 말했잖아."

"다른 경험도 좀 많이 하라고. 가게 밖에서."

난데없이 울타리 바깥으로 떠밀린 기분이다. 어쩌면 나는 가죽에만 기대왔던 게 아니라 복원소에 머무는 엄마에게도 기대온 걸까.

"표정이 왜 그래?"

"갑자기 엄마가 날 절벽에서 미는 것 같아."

언젠가 봤던 자연 다큐멘터리를 들먹이며 나는 일부러 슬픈 표정을 지었다.

"난 새끼 사자가 아닌데."

"나도 사자 아니고 사람이다."

콧방귀를 뀐 엄마가 냉정하게 덧붙였다.

"아니다, 난 꽃 할래."

그렇게 말하는 엄마의 얼굴이 환했다.

"꽃으로 생각하고 사는 동안 공경해라, 차진구."

엄마는 가끔 이상한 말을 한다. 아직도.

* * *

뭔가를 배운다는 건 단계별로 버티고 나아가야 한다는 뜻이고 운전이라고 해서 크게 다르지 않았다. 장내기능 시험 이후에는 도로 연수를 받아야 했다. 학원에 마련된 코스를 주행하는 것과 실제 도로를 달리는 것은 확연히 다르다. 처음에 지레 겁먹었던 것과 달리 교육을 받다 보니 자신감이 붙기 시작했다. 전조등과 방향지시등, 와이퍼 따위의 장치를 잘 조작하는지, 횡단보도 앞에서 서행하며 신호에 맞춰 잘 정차하는지, 기어 변속은 제때 정확히 하는지 등의 조작을 연습 아닌 실전에서 무사히 해내는 과정이 즐겁게 느껴졌다.

"어때요?"

학원으로 돌아오는 길목에서 신호에 걸려 멈춰 서자, 강사가 웃음기를 머금고 물었다.

"이젠 무섭지 않죠?"

"네."

과연 강사의 말이 맞았다. 운전하는 일이 더는 무섭지 않고 오히려 즐거웠다.

"재밌어요, 이젠."

"그래도 자만하면 안 돼. 언제 어디서든 앞차랑 간격 유지하고 안전 운전해야 돼요."

제아무리 무사고 경력이어도 어느 때고 사고가 날 수 있다고 강사는 말했다.

어떤 기술이든 익숙해지기까지 오랜 시간이 필요하고 그것은 당연한 순리다. 그러나 몸소 체험하여 알게 된 지식으로 그럭저럭 기술을 다루는 것과, 타고난 것처럼 능숙하게 기술을 선보이는 것은 아주 다르다. 금방 재미를 붙였으므로 운전에 소질이 있고 앞으로 이 일을 잘하게 될까. 잠깐 궁금했지만 알 수 없다.

어쨌든 강습과 연수를 버텨야 하는 일수가 줄어들고 있으니 운전자라는 자격을 갖추기까지 얼마 남지 않았다. 정식으로 면허증을 발급받으면 내 명의로 소유한 차가 없더라도 한동안 뿌듯해서 웃음이 절로 나올 것만 같다. 빠른 시간 안에 쌓아 올린 운전 실력만큼 가죽 복원을 다루는 기술도 견고하게 다질 수 있을지 드문드문 의문이 든다. 가죽 표면에 생긴 스크래치를 덮는 단순 복원 외에 적당한 염료를 판단해 염색하는 전문가가 되기까지 얼마만큼의 시간이 필요할까.

"수고했어요."

"수고하셨습니다."

주차를 마치고 나서도 생각이 많아져 차에서 금방 내리지 못했다. 휴게실로 걸어가 멍하니 자판기 앞에 서는데, 곁에 누군가 다가서는 기척이 느껴졌다. 지갑을 들고 선 여자는 캡 모자를 쓰고 있었는데, 모자챙에 가려 얼굴을 제대로 볼 수 없었지만 며칠 전 필통을 떨어트렸던 사람이라는 것을 알아보았다.

"오늘 도로 연수했죠?"

비슷한 시기에 등록했기에 교육 과정도 같을 확률이 높았다. 그래서인지 여자가 먼저 아는 체를 해왔다.

"면허 따는 것도 일이네요."

"그러게요."

"면허증 나올 때까지 파이팅이에요."

여자가 장난스럽게 주먹을 쥐어 보였다. 갑작스러운 응원 앞에서 약간 벙찌고 만 나는 한 박자 늦게 주먹을 불끈 쥐었다.

"……네, 파이팅."

자판기에서 생수병을 꺼낸 여자는 그럼, 하고 눈짓으로 인사를 건네고는 휴게실을 벗어났다.

오늘은 소지품을 떨어뜨리지 않고 걸어가는 그의 뒷모습이 왠지 듬직해 보여서, 나는 막연히 여자가 자신이 몸담고 있는 분야에서 확고히 자리 잡고 있지 않을까, 생각하며 부러워했다. 목소리에서조차 팽팽한 힘줄이 느껴지는 사람이니 내가 하는 고민 같은 건 하지 않고 앞으로만 나아가는 사람이지 않을까 싶은 것이다. 세상에는 위인전이라는 책의 꼴로 활자화되지 않은 존경할 만한 사람이 도대체 얼마나 많은가. 나는 고개를 조금 숙이며 웃었다.

"진구."

교실 뒷문을 나서자 복도 창틀에 기대어 서 있던 상준이 한 손을 들어 보였다.

수능이 끝난 이후부터 단축 수업을 마치고 극장, 혹은 PC방으로 가거나, 운전면허학원이나 외국어회화학원으로 향하는 무리가 많았지만 일생을 정해진 경로에서 조금씩 벗어난 정도로만 지내온 나는 그 무리에 속하지 않은 채 하교 시간만을 기다렸다. 상준도 나와 크게 다르지 않아 우리는 늘 집으로 같이 돌아가곤 했다.

"많이 기다렸어?"

"한 십 분?"

상준이 하품하며 대답했다.

"너희 반 쌤은 매일 할 말이 많은가 보다."

"늘 똑같은 얘기. 위험한 데 가지 마라, 아직 너희 고3이다, 뭐 그런 거."

"아하."

"졸업하면, 좋을까."

무심코 중얼거린 말에 상준이 눈을 크게 떠 보였다. 어리석은 질문이었다. 그동안 생각만 하다가 입 밖으로 꺼낸 건 처음이어서 내심 놀랐지만 아무렇지 않은 척했다.

"좋을 거야, 졸업하면. 근데 갑자기 왜?"

"그냥."

"뭐야. 넌 생각이 너무 많아."

상준이 씩 웃었다.

"이따 바쁘냐?"

횡단보도 앞에 서서 신호가 바뀌기를 기다릴 때 상준이 대뜸 허리를 수그리며 물었다. 상준은 운동부가 아닌데도 체격이 다부졌다. 이 녀석과 붙어 지내는 중고등학교 시절 내내 동급생이나 선배들로부터 괜한 시비를 받는 일이 없었던 이유는, 백구십에 육박하는 상준의 훤칠한 키 때문일 터다.

"엄마 가게 갈 듯?"

"오늘도? 바쁘네."

상준이 앞머리를 만지작거리며 아쉬운 듯 말했다.

"나 좀 놀아주지."

"여자친구한테 놀아달라고 해."

별 뜻 없이 한 말인데 상준은 방지턱에 발이 걸리기라도 한 듯이 멈춰 섰다. 어깨에 팔을 건 상준이 그대로 체중을 실어오는 바람에 숨이 막혔다. 저리 비키라고 짜증을 내도 상준은 팔을 풀지 않았다.

"나중에 여친이랑 셋이 같이 보자. 소개시켜줄게."

"내가 거기 왜 끼냐."

"안 그래도 여친이 너 궁금하대. 하도 네 얘기 했더니."

"욕했냐?"

"조금?"

조금이 아닐 것이다. 나는 상준의 복부를 주먹으로 몇 번 치며 가까스로 녀석의 거대한 품에서 벗어났다.

"야, 진구야."

횡단보도를 건너는 동안 입을 다물고 있던 상준이 문득 시선을 내리깔며 말했다.

"너는 가끔 어리광 좀 부려라."

"뭐야, 갑자기."

"졸업해도, 넌 아직 스무 살밖에 안 됐다는 걸 명심하라고."

그 말은 언젠가 슈가보이가 되어야 한다는 엄마의 말과 비슷했다. 일맥상통하진 않더라도 엄마가 말하는 '슈가'와 상준이 말하는 '어리광'이 얼마쯤 비슷하다는 것을 묻지 않아도 알았다.

상준은 부모님이 이혼했다는 걸 아는 유일한 녀석이고, 우리 가족이 처음 상태에서 벗어나 회복하기 어려운 단계로 접어드는 과정에서 솟구친 나의 혼란을 가까이서 묵묵히 지켜본 친구였다. 흔한 이유로 가족 구성원 한 사람을 잃게 된 나를 하나부터 열까지 이해하는 상준은, 가죽 수선에 몰두하게 된 나를 이해하면서도 걱정스러워하는 눈치다. 대놓고 걱정하는 말을 하진 않았지만 알 수 있었다. 집 아니면 학교, 학교 아니면 복원소에 가는 생활을 두고 상준이 어떤 생각을 하는지를. 아마도 열아홉답지 않다고 여길 터였고 그런 짐작이 팔구십 퍼센트쯤 들어맞는다면, 나는 엄마가 두 사람이나 있는 셈이다.

"알았어."

상준의 올곧은 시선을 올려다보며 엄지와 검지로 오케이 사인을 했다.

"엄마가 놀러 오라셔. 피자 사주신대."

"피자 좋지."

상준이 쾌활하게 웃었다.

"먼저 간다!"

나는 복원소가 있는 길목 방향으로 뛰며 외쳤다.

"오냐!"

돌아보지 않아도 친구의 환한 웃음이 보인다. 얼마 안 되는 설탕 같은 순간이다.

* * *

한동안 눈보다 비 소식이 잦더니 오랜만에 함박눈이 내린 날이었다. 나는 잠시 자리를 비운 엄마를 대신해 복원소 작업대 앞에 앉아 있었다. 혼자 있다 보면 옛일을 자주 생각하게 된다. 시간이 지나고 나서 알게 되는 것들이 많아서 불현듯 특정 기억을 헤집어보는 것이다. 복원소에서 상표 없는 가죽 제품을 만나는 일을 어떤 기쁨과 견줄 수 있을 것 같냐고 엄마가 물은 적 있다.

"상표 없는 거라니?"

그때 나는 아마 양치질을 하고 있었을 것이다. 일요일이었던가. 느지막이 일어나 이를 닦고 있는데, 욕실 앞에 빨래 바구니를 내려두고 엄마가 뜬금없이 말을 걸었다.

"유명 브랜드 말고. 개인이 공방에서 만든 지갑이나 필통, 파우치가 요새 많이 들어와서."

나는 거울을 바라보며 심드렁히 고개를 끄덕였었다. 여가 생활을 채우는 수많은 일 가운데 활동적인 야외 활동만큼, 비교적 가만히 시간을 보내는 정적인 활동도 많았다. 직장인을 대상으로 한 워크숍부터 친구, 연인 위주로 찾는 일일 공방 수업까지 가죽제품을 스스로 만들어보는 수업이 많다는 것을 알았고, 나 역시 가죽복원소 한편에서 조그만 카드 지갑을 홀로 만들어보다가 관둔 경험이 있었다. 미싱으로 재단한 안감과 겉감, 바늘과 실, 단추 등 기본적인 재료로만 어설프게 만들다 만 카드 지갑이 제법 벅찼던 기억이 난다.

"직접 만든 물건을, 더 오래 쓰고 싶어서 맡기러 오는 게 너무 좋아."

그만큼 각별한 물건이라는 뜻 아니겠냐고 말한 엄마는, 손님이 상표 없는 가죽제품을 맡기러 올 때마다, 별 기대 없이 틀어둔 라디오 채널에서 마침 좋아하는 노래가 흘러나오는 우연처럼 기쁘다고 덧붙였다.

엄마의 즐거움을 완전히 이해할 수는 없지만 막연히 알 것만 같은 순간이 내게도 있다. 인조가죽의 원단을 덧대 만든 지갑이나 파우치에서 간혹 비뚤비뚤한 바느질을 발견할 때. 누군가 서툰 손길로 달아둔 듯한 지퍼라는 예감이 들 때. 전문가나 기계가 만든 제품이 아니다 보니 서툰 구석이 한 군데 이상 있는 물건이 접수되면 조금쯤 반가운 마음이 드는 거다.

하지만 아무리 반가워도 그런 물건을 들고 찾아온 이가

울음을 터뜨리면 난처해서 눈썹이 다 찡그려질 것이다. 누구라도.

울고 싶은 순간을 주기적으로 지나온 사람은, 저도 모르게 눈물을 흘릴 준비가 돼 있는 사람을 불러들이는 건지도 모른다. 그렇지 않고서야 모르는 사람이 우는 모습을 연달아 지켜보게 될 일이 있을까. 그도 아니라면 평범한 나에게 우는 사람을 끌어당기는 힘 같은 게 생긴 걸지도 모른다.

그러니까 모처럼 겨울다운 겨울이라는 생각이 들만큼 눈이 많이 내린 날.

"어…… 미안해요. 내가 왜 이러지."

작업대 앞에 선 여자가 눈물을 닦으며 중얼거렸다.

앞으로는 복원소에 손수건을 구비해놔야겠다는 생각을 멍하니 하면서 당혹스러운 울음의 주기를 세어보았다.

석 달 만의 일이다.

복원소에 와서 우는 손님은.

여자가 처음 문을 열고 들어서자마자 운 건 물론 아니다. 어딘지 모르게 낯익은 얼굴이었는데, 어디서 봤는지 도통 모르겠는 사람이었다. 늦은 저녁 가죽 필통을 맡기러 온 여자는 작업대에 앉아 있는 나를 보고 조금 놀란 눈치였지만 정중히 눈인사를 건넸다. 혹시 사장님 어디 계시냐고 정중히 묻는 여자에게 나는 엄마가 잠시 은행에 갔으며 곧 돌아오실 거라고 말하고는 잠깐 앉아 계시라고 의자를 끌어 권했다.

"고마워요."

여자는 손목시계로 시간을 확인하는 듯하더니 살며시 자리에 앉았다.

검정 코트 자락 사이로, 목에 매고 있는 사원증이 언뜻 보였다. 회사에서 퇴근하자마자 바로 왔거나, 벗어두는 걸 깜빡한 모양이었다. 현수막을 재활용해 만든다는 브랜드의 메신저백을 무릎에 올려둔 여자는 휴대폰이 진동하자 난처한 얼굴로 액정화면을 보다가 조그맣게 한숨을 쉬었다.

네, 선배님, 하고 말문을 연 여자의 목소리는 피로감이 묻어 있었지만 어쩐지 아나운서처럼 명료하고 힘이 있었다.

"그 꼭지 신애 선배가 후속 기사 쓰기로 했어요, 네. 내일 아침 라디오 출연은 오늘 당직인 요엘 선배가……."

그 목소리가 묘하게 낯익어서 나도 모르게 여자를 물끄러미 바라보았다. 한참 중요한 대화를 주고받는 것 같던 여자는 통화를 끝내고 고개를 들었다. 혹시나 관찰하듯 바라보았다는 사실을 들킬세라 서둘러 시선을 돌리고는 괜히 손을 바삐 놀렸다.

고요해진 가게 안으로 무두질하는 소리가 울려 퍼졌다. 친분 없는 사람과 단둘이 가게를 지키는 경험은 드문 일이어서 조금 신경 쓰였다. 무슨 말이라도 꺼내야 하나. 아무래도 손님인데 날씨라든가 가죽 관련 이야기를 꺼내서 침묵을 메우는 편이 좋을까. 짧은 순간 긴장이 됐다.

보지 않아도 알 수 있었다. 여자가 이쪽을 바라보고 있다는 것을. 아마도 신기하다는 눈빛일 터였다.

"실례지만, 사실 손님인 줄 알았어요."

아, 하며 이마를 긁적인 나는 복원소에 고용된 형태를 대강 설명했다.

"······여기, 알바생이에요."

아무래도 정식으로 채용된 직원이 아니었으니까. 혈연을 내세우기에는 너무 사적인 정보였다. 가끔 시간 날 때마다 들르는 나를 손님에게 설명할 만한 적당한 직무로 아르바이트생이 적당하다고 생각했고, 그대로 대화가 끝날 줄 알았는데 여자는 낯선 사람과 말을 잘 터놓는 모양인지 다시 친근하게 말을 이었다.

"아직 학생이신 것 같은데요?"

"스무 살 돼요. 내년에."

말끝을 얼버무리며 바라보자 여자가 대견하다는 듯 눈을 빛냈다.

"그럼 고3?"

"네."

"고생 많았어요."

대뜸 그렇게 말한 여자가 상냥한 투로 덧붙였다.

"난 고3 때가 제일 힘들었거든요. 물론 지금도 힘들긴 하지만."

"감사합니다."

"근데 우리 어디서 본 적 있지 않아요?"

여자가 불쑥 물었다.

"그런 것 같아요."

고개를 끄덕인 나는 다시 여자를 유심히 바라보았다. 화장기가 엷은 말간 얼굴. 자신감 있고 단단한 목소리. 어떤 기개가 서려 있는 눈빛…….

최근 내가 오간 곳이라고는 학교와 엄마의 가게, 편의점 그리고 운전면허학원 등이 전부였다. 여자와 어디서 마주쳤는지 골똘하게 생각하던 나는 격려 인사를 들은 참에, 이 친절한 손님에게 같은 종류의 인사를 건네고 싶다는 생각이 들었고 그 마음이 구체적이고도 물리적인 인사가 되어 멋대로 튀어 나갔다.

"퇴근하신 거죠? 고생 많으셨습니다."

고르고 골라 제법 어른스러운 말을 했다고 생각했는데, 그 말이 어딘가를 건드리고 만 모양인지 여자의 눈빛이 흔들렸다. 어, 하고 눈을 크게 떠 보인 여자는 자신이 생각하기에도 황당했는지 어라……, 하며 울기 시작했다.

"아. 미안해요."

여자의 뺨을 타고 눈물 줄기가 빠르게 흘러내렸고 나는 그 모습을 지켜보며 망연히 입을 벌렸다.

"내가 왜 이러지, 참."

여자는 멋쩍게 웃으며 울었다. 나는 너무 놀라 들고 있던 가죽 원단을 떨어트린 줄도 몰랐다.

아니 왜, 왜, 왜…….

그런 말이 속에서 자꾸 메아리쳤다. 벌떡 일어나 여자의 안색을 살필 수밖에 없었다. 모르는 사이 무슨 말실수라도 한 건가. 울음이 커지는 모습을 고스란히 지켜보는 동안 나 또한 울고 싶어졌다.

"저기……."

쉽사리 위로의 말이 나오지 않았다. 아이를 달래는 일보다 어른을 달래는 일이 훨씬 어려웠다. 두 눈 가득 고인 눈물을 보며 나는 뒤늦게 주머니를 뒤적였다. 몇 개월 전 둘이를 달랬던 껌이나 사탕은 나오지 않았다. 이제 갑자기 우는 사람을 달랠 간식거리 같은 건 필요 없는 줄 알았는데.

"미안해요."

여자가 돌아서며 사과했다.

"괜찮아요."

손사래를 치며 그렇게 말했을 뿐인데 곧이어 여자의 어깨가 들썩이기 시작했다.

"후우, 그쳐 볼게요. 정말 미안!"

그렇게 말하는 와중에도 여자의 뺨으로 눈물 줄기가 쉴 새 없이 흘러내렸다.

머릿속이 하얘진다는 게 이런 기분일까. 손끝이 차가워지는 것만 같다. 뭐가 어떻게 된 건지 모르겠지만 손님을 울리고 말았다. 아는 사람이라면 가까이 다가가 정말 괜찮으신 거냐고 자세한 사정을 묻거나, 서툴게나마 어깨를 토닥여보겠지만 눈앞의 여자는 어디까지나 처음 보는 손님이다. 입 안쪽을 깨물며 가만히 여자의 울음이 사그라들기를 기다릴 때였다.

"아."

안절부절하던 나는 순간 머릿속을 스치는 잔상에 외쳤다.

"혹시 정명 운전학원 다니시지 않아요?"

눈물을 닦던 여자가 멈칫했다.

"전에 필통 주워준?"

"맞아요."

"어쩐지, 낯익다 했네!"

여자가 콧물을 훌쩍이며 웃었다.

"갑자기 울어서 미안해요. 나 원래 이런 사람 아닌데."

"괜찮아요."

갑자기 우는 사람이 예전에도 한 사람 방문한 적 있다는 말을 삼키며 나는 여자가 진정하길 기다렸다.

빨개진 눈으로 웃으며 사과하는 여자의 이름은 최유지. 필통에 새겨져 있던 이름의 주인이었다. 운전학원에서는 항상 화장기 없이 캡 모자를 눌러쓴 차림만 봐서 바로 알아보지 못했다. 교복을 입고 있는 나를 여자 또한 곧장 알아보지 못한 참이어서, 잠시 복원소에 어색한 기류가 흘렀다.

"괜찮다는 말이 듣고 싶었거든요, 오늘."

여자가 한참 만에 다시 말문을 열었다. 나는 할 말을 고르다가 어색하게 동의했다.

"저도요."

그러니 오늘 밤 복원소에는 울고 싶었던 두 사람 중에 실제로 울어버린 한 사람과 그럼에도 불구하고 울지 않은 한 사람이 마주 서 있는 셈이었다.

"이걸 좀 맡기러 왔는데."

여자가 말하며 내민 것은 역시나 운전학원에서 봤던 가죽 필통이었다. 나는 필통과 여자를 번갈아 바라보며 반가운 마음을 숨기려 노력했다.

"여기저기 많이 해져서……. 사용한 지 십 년은 더 넘었거든요."

"오래 쓰셨네요."

운전면허학원에서의 인연이 여기까지 왔다는 사실이 새삼

신기했다. 돌봐주고 싶은 마음이 들었던 물건을 다시 만난 우연 때문에 속절없이 두근거렸다.

"잘 오셨어요."

그렇게 말하며 약간 쑥스럽게 웃었다. 나는 이 일을 좋아한다. 생각했던 것보다 훨씬 더. 그런 깨달음이 필통의 주인을 마주한 이 순간 어깨를 당당히 펼 수 있게끔 해줬다.

"다 수선하는 데 얼마 정도 걸릴까요?"

"잠시만요."

나는 엄마가 두고 간 스케줄표를 재빨리 넘겼다. 스크래치 복원 작업 후 염색이 필요한 필통 상태를 보자면 아마도 넉넉히 이 주 정도 소요될 것이다. 여기에다가 여자가 방문 수령이 아니라 택배 배송으로 필통을 받는 쪽을 선택한다면 이틀가량 추가.

"많이 낡았는데, 복원될 수 있을까요?"

여자가 문득 중얼거렸다. 답을 구하며 던진 질문이었을 테지만, 어쩐지 쉽사리 입을 뗄 수 없었다.

"네, 저희 엄마…… 사장님이 엄청 실력자거든요."

"그래요?"

"그리고……."

나는 조금 머뭇거리다가 대답했다.

"저도 꽤 솜씨가 좋고요."

"그렇구나."

눈매를 휘며 웃는 얼굴이 다정했다. 피곤한 기색이 역력한데도 타인에게 이토록 기분 좋게 웃어 보일 수 있는 어른이라니. 틀림없이 좋은 사람이라는 생각이 들었고, 가능하다면여자처럼 나이 들고 싶어졌다.

"소중한 거예요. 잘 부탁드려요."

그렇게 덧붙인 여자가 뺨을 긁적이다가 멋쩍은 웃음을 터뜨렸다.

"언니가 선물로 준 거거든요."

선물 받은 필통이라.

나는 스케줄표를 덮으며 솔직히 말했다.

"부러워요."

"응?"

"가끔 생각하거든요. 형이나 누나가 있으면 좋겠다고."

여자가 아하, 하면서 시선을 떨구었다.

"꼭 그렇진 않아요. 가족이어도 남보다 못한 사이가 있으니까."

바닥을 바라보며 누군가를, 분명히 그의 언니라는 사람을 생각하는 듯하던 여자는 잠시 후 뜻밖의 말을 중얼거렸다.

"언니랑 사이가 안 좋거든요. 지금은."

언니는 언니의 삶이 있고 나는 내 삶이 있는 건데, 어릴 때

우리는 서로 참견하고 못마땅해하느라 자주 부딪쳤어요. 존중이라든가 응원 같은 건 우리 사이에 찾아보기 힘들었지, 말하며 웃는 여자의 얼굴은 조금 쓸쓸해 보였다.

"필통이네?"

명랑한 목소리가 꼬리에 꼬리를 물고 이어지던 생각의 허리를 댕강 자른다. 엄마가 테이블 위에 덩그러니 놓인 의뢰품을 내려다보고 있었다.

"응. 아까 손님이 맡기고 가신 거야."

자세한 견적 상담은 우선 전화로 추가 안내해 드리겠다고 하고 여자를 돌려보낸 직후에 엄마가 돌아왔다. 필통의 주인과 마주치지 못한 엄마에게는 그저 늘상 보는 가죽제품 중 하나일 터다.

"방문 접수?"

"응, 좀 전에 맡기고 가셨어."

면장갑을 끼고 필통을 면밀하게 살펴본 엄마가 다행히 필통의 정면에 달린 버클에는 따로 도금할 필요가 없겠다고 말했다.

"소중한 거래."

"응?"

"이거, 필통."

그 말을 꺼낸 건 어떤 충동 때문이다. 엄마가 시선을 들고 '그러니?' 하며 나를 바라보았다. 왜 갑자기 안 하던 말을 덧붙이나 살피는 눈빛을 피하지 않으며 나는 가죽 필통이 여기까지 온 지난 시간을 떠오르는 대로 느릿느릿 전했다.

"손님…… 친언니가 선물로 준 거라던데."

"선물로 받은 물건들이 많이 들어오지. 우리 가게에는."

나는 말없이 고개를 끄덕였다.

실제로 그랬다. 기념할 만한 날에 스스로 선물한 것이든 가깝거나 먼 이에게서 받은 것이든 선물 받은 물건들이 대체로 접수되었다. 견적 상담을 받을 때마다 의뢰품을 사용한 기간과, 물건이 주인인 당신에게 어떤 의미를 가졌는지를 실례되지 않는 선에서 자연스레 묻는 엄마 덕분에 나 또한 조금 주저하다가 여자에게 물어봤더랬다.

소중한 거라고 하셨죠?

좀 더 자세히 들려주실 수 있느냐는 내 바람을 제대로 읽은 여자는 보일 듯 말 듯 미소 지으며 말했다. 어렸을 때 시인이 되고 싶었거든요. 그때 언니가 좋은 글을 쓰라고 마련해준 거예요. 격려차 준 선물이라고 해야 하나.

그러니까 그것은 단순히 수선이 필요한 가죽 필통이 아니라, 나는 모르는 여자의 어린 시절로부터 지금까지 이어져온, 웬 사랑이 깃든 물건이었다.

"진구야."

또다시 생각의 웅덩이에 빠져들어 있던 나를 건져 올린 건 엄마의 진지한 목소리였다.

"가게에서 일하니까 어때?"

그것은 뜬금없기도 하고, 한 번쯤 기어코 물어봐 줬으면 하는 질문이기도 해서 바로 대답할 수 있었다.

"어려워."

솔직히 말하자면 봉우리가 구름에 가려져 보이지 않을 만큼 높은 산을 오르는 심정이었다.

"이걸 내가 계속할 수 있을지, 잘하고 있는 건지 모르겠고."

세상에 쉬운 일이란 없으며 아무리 지독한 건달의 마음으로 쉽게 가려고 마음먹어 봐도 어느 순간 내가 붙잡은 일을 잘 해내고 싶어져서 꾀부리지 않고 걷고 만다. 엄마는 어떻게 이 모든 길을 걸어왔을까. 내가 아직 가죽에 기대지 않았던 시절에는 엄마 혼자 고군분투했을 텐데 그 길을 어떤 심정으로 걸어온 걸까.

"모든 일이든 시간이 필요한 법이지."

그건 너는 아직 멀었다는 식의 비꼬는 말이 아니라, 내가 걷는 먼 길을 이미 저만치 앞서 걷고 있는 선배로서 건넬 수 있는 최선의 충고였다.

"알아."

나도 안다. 머리로는 잘 알고 있다. 하지만 점점 조바심이 일기 시작하는 건 어쩔 수 없다. 무엇보다 인내심이 필요한 일을 붙잡은 이상 나는 가족을 보듯이 가죽을 봐야 하고, 그건 손님을 대할 때도 마찬가지이리라.

여자가 가죽 필통을 맡기고 간 날 밤.

자려고 누웠지만 쉬이 잠들 수 없었다. 최유지 씨의 목소리가 떠나질 않은 탓이다. 나는 불을 끄고 누운 방 안에서 가만히 여자의 가죽 필통과 그것을 소지한 채 덩달아 품었을 그의 꿈에 대해 생각했다. 꿈은 낡거나 닳을 수 없다. 우선순위에서 뒤로 밀려날 뿐 여전히 품을 수 있는 꿈도 있다는 것을 안다.

'어렸을 때 시인이 되고 싶었거든요.'

헤매는 두 사람이 운전하는 법을 배우다가 만났다. 면허증 발급을 기다리는 지금 우리 둘은 앞으로도 각자의 길 위에서 헤맬 것이고, 나는 그 사실이 못내 반가웠다. 어떻게든 각자의 종착지에 닿을 테지만 가닿지 않아도 괜찮을 것만 같다. 돌이켜봤을 때 귀하게 여겨지는 꿈은 어쩌면 이루지 못한 꿈일지도 모르니까.

나는 서서히 몰려오는 잠기운에 눈을 감았다. 수마가 완전히 덮치기 직전 여자의 단단하면서도 나직한 목소리가 귓바퀴를 맴돌았다.

……언니랑 사이가 안 좋거든요. 지금은. 좋은 글을 쓰라고 필통을 선물해준 언니랑은 명절에나 만나는 사이예요. 필통을 버리지 않은 건 아무래도 필통을 준 시절의 언니를 꽤 좋아했기 때문이죠. 글 쓰는 사람이 되겠다고 하면 주로 만년필 같은 필기구를 선물 받곤 하는데 우리 언니는 대뜸 가죽 필통부터 만들어줬어요. 심 굵은 볼펜이라든가 만년필은 내 꿈을 공유한 다른 사람들에게 선물 받으리라는 것을 언니는 알고 있었던 거지. '그것들을 담을 필통을 마련해줄게. 네가 어딜 가든 날마다 들고 다닐 필통이 필요할 거야.' 그렇게 말하며 언니는 유행을 타지 않을 원형의 가죽 필통을 직접 만들어줬죠. 근데 내가 시 쓰는 사람이 되지 않았어요. 나를 누구보다 잘 알았던 언니는 당장 생계를 유지할 수 있는 직업 먼저 선택한 내가 실망스러웠을 거예요. 그즈음 나는 결혼한 언니가 미워졌고. 언니가 눈을 낮춰도 너무 낮춘 결혼을 했거든요. 그런 언니가 답답하고 안타깝고 그렇다 보니 기념일에나 겨우 연락을 주고받는 사이가 된 거죠. 말했다시피 남보다 못한 관계라고 할 수 있는데…… 이런, 내가 학생한테 너무 쓸데없는 이야기를 늘어놨네. 미안해요. 들어줘서 고맙고. 가뜩이나 울어서 미안했는데 괜한 시간까지 뺏고 말았네…….

거기까지 말한 여자의 뒷말은 더 이어지지 않았다. 힘내시라는 말을 감히 덧붙일 수는 없었다.

어째서 사람과 사람 사이에 덧대어진 인연이라는 표면은 수선할 수 없을까. 왜 많은 변수가 끼어들고 기어코 훼방을 놓는 건가. 마음처럼 되는 일이라고는 세척과 염색 약품이 구비된 가죽제품을 다루는 일이나 가능한 걸까. 얼룩지거나 해진 관계를 닦고 꿰매는 일은 사람 관계도 마찬가지인데, 가죽 아닌 가족만은 어째서 이토록 이전처럼 회복하는 게 어려운 걸까.

나는 눈을 감으며 억지로 잠을 청했다.

* * *

다음 날 상준이 모처럼 가게에 방문한 날까지 폭설이 이어졌다. 미리 피자를 주문해두지 않았다면 제 시간에 먹는 건 포기해야 했을 만큼 많은 눈이 내렸다.

"천천히 먹어라."

한 조각을 먹고 배부르다며 일어난 엄마가 못 말린다는 얼굴로 말했다.

"뭐 더 시켜줄까?"

"괜찮아요!"

상준이 입안 가득 오븐스파게티를 우물거리며 사람 좋게 웃어 보였다.

영업을 종료한 가게 한편에서 조촐한 파티를 열었다. 법적으로 정한 어른이 되기 전에 교복을 입은 채 피자를 먹고 웃으며 떠들고 있는 이 밤이 다소 비현실적으로 느껴졌다.

"눈사람이나 만들까?"

부른 배를 손바닥으로 두들기던 상준이 싱글거리며 제안했다. 그 말을 거절하지 않은 건, 이만큼 마음 놓고 풀어질 수 있는 날이 얼마 남지 않은 것처럼 느껴졌기 때문이다.

"오케이."

어질러진 테이블을 재빨리 치운 우리는 복원소 앞의 아무도 밟지 않은 눈을 보며 들뜬 얼굴로 웃었다.

"장갑 있어?"

"여기."

상준의 손모아장갑을 하나씩 나눠 낀 채 눈을 뭉쳤다.

장갑을 끼지 않은 손이 금방 시려졌지만 결국 눈고양이를 만들어냈다. 상가 옆의 화단에서 낙엽 몇 개와 나뭇가지를 주워온 우리는 어설프게 고양이 꼴을 한 눈사람을 보며 고양이네, 이거 정말 고양이야, 하며 시시덕거렸다.

"진구야."

눈송이가 내려앉은 털모자를 툭툭 털어내던 상준이 불쑥 말했다.

"고생했다. 그동안."

어렵고 고된 십 대를 잘 견뎌냈다는 인사를 할 줄 아는 친구를 둔 건 내가 가진 자랑이자 기쁨이다.

"……너도 고생했다."

그러나 고마움과 별개로 동시에 닭살이 돋고 만 우리는 말 없이 서로에게 눈 뭉치를 던지기 시작했다. 가게 문을 닫고 나선 엄마가 말리는 순간에는 거의 전투 형태의 치열한 눈싸움을 이어가고 있었다.

"아, 아까 먹은 거 다 소화됐다."

상준이 숨을 몰아쉬며 웃었다.

"나도."

나는 목 폴라티 속을 손으로 계속 털어내며 가쁜 숨을 내쉬었다. 상준은 비겁하게 체격 차를 이용하여 뒤에서 나를 옭아매더니 코트 속으로 눈을 한 움큼 집어넣었다. 맨살에 닿는 차가운 감각에 비명을 지르자 행인 몇 사람이 쳐다보며 지나갔다.

"얘들아, 타!"

상가 앞으로 차를 몰고 온 엄마가 경적을 울리며 외쳤다.

조수석 쪽의 열어둔 창문 안으로 눈송이가 흩어져 날렸다. 마주 보고 서 있던 우리는 동시에 피식 웃으며 달려갔다.

가죽 본래의 질긴 성질이 남아 있다면, 처음 모습에 가깝게

돌이키는 일은 사람이 치료 받는 것과 비슷하다. 그러니 복원가의 일은 가죽 치료사나 마찬가지 아니겠나. 엄마가 우스갯소리로 건넸던 말이 최근 들어 진지하게 다가오는 것은 어떤 노래가 담겼을 필통을 수선하게 된 덕분이다.

"그래서, 네가 한번 해볼래?"

엄마가 가죽 필통의 스크래치 복원 작업을 권했을 때, 멀뚱히 눈만 깜빡거리다가 뒤늦게 엄마의 의도를 알아차렸다. 조그만 동전 지갑 같은 것은 두어 번 염색 작업까지 마쳐본 적 있지만 필통을 수선하는 건 처음이다.

내가 할 수 있을까?

누군가에게 소중한 의뢰품을, 엄마처럼 제대로 복원하는 일이 지금 나에게 가능한가.

"하면서 배우는 거지."

자신 없어 하는 나를 눈치챘는지 엄마가 무심히 말했다.

"모르는 건 물어보고. 도와줄게."

그 말은 운전면허학원에서 처음 만난 강사가 건넨 말과 닮았다.

그리하여 명품만 취급하지 않는 엄마의 복원소에서 처음으로 값어치를 매길 수 없는 의뢰품 작업을 맡았다.

주말 일찍 일어나 가게 문을 열고 들어선 나는 복원소 내부에 떠도는 가죽 냄새를 조용히 들이마셨다. 그러고는 코트와 장갑을 벗고 작업대 앞에 앉았다. 플라스틱 소재의 소형 박스에 넣어뒀던 가죽 필통을 꺼낼 땐 경건한 마음마저 들었다.

언니에게서 받은 선물.

가죽의 내피에 배어든 것은 연필심이나 잉크, 먼지뿐만 아니라 그것의 주인이 오래전에 품어온 '시어'라는 노래도 군데군데 묻어 있을 것이다.

나는 깨끗이 세탁해둔 마른 천으로 필통의 표면을 닦아냈다. 세척 작업에 필요한 가죽 전용 크림을 살살 펴 바를 땐 실내가 제법 서늘한데도 불구하고 땀이 났다. 누군가의 애착이 스민 가죽 표피 위로 광이 나기 시작했다. 흠집이 나 있거나 변색된 부위를 꼼꼼히 손으로 짚으며 작업대 위에 펼쳐 놓은 수첩에 기록했다.

차근차근 하나씩 가죽의 시간을 처음으로 되돌린다.

* * *

복원소에서 멀지 않은 곳에 거주하는 여자는 퇴근하면서 들르겠다며, 방문 수령을 선택했다. 엄마가 염색 작업을 마무리한 가죽 필통은 예상했던 시간보다 이틀 정도 빨리 수선이 끝났다.

"안녕하세요."

저녁 일곱 시 무렵 가게로 들어선 여자는, 처음 방문하자마자 울음을 터뜨렸던 게 거짓이라는 듯 감쪽같이 말끔했다.

"어서 오세요. 최유지 씨죠?"

엄마가 먼저 여자를 반갑게 맞았다.

미리 전화를 하고 방문한 여자를 눈치껏 알아보며 엄마는 부드럽게 미소 지었다. 가게를 찾는 누구든 엄마의 미소를 마주한다면 한껏 곤두서 있던 기분이 조금이나마 누그러질 것이다.

"천천히 살펴보세요."

처음 봤을 때만큼이나 피로해 보이는 여자는 엄마가 내민 가죽 필통을 보며 놀란 듯 입을 하, 벌렸다.

"세상에……."

그것이 복원된 가죽 필통을 본 여자가 꺼낸 첫마디였다. 나는 목을 가다듬고 복원 과정을 설명했다.

"지퍼의 녹슨 부분은 일부러 세척만 했어요. 아무래도 세월감이 느껴지는 게 의미 있을 것 같아서요."

여자는 입을 다문 채 신중히 지퍼를 내렸다가 올려도 보며 필통을 살폈다.

"감사합니다."

마침내 열린 입술 사이로 갈라진 목소리가 새어 나왔다.

"새것 같아요."

"처음 상태 비슷하게 복원하는 건 가능해요. 어렵지 않아요."

모든 시간과 정성을 들이는 행위는 흔적을 남기거나, 지우는 효과를 내니까. 마법과 수선 작업의 유일한 공통점일 것이다.

"신기하네요, 사실 수선 맡긴 건 이번이 처음이라……."

말꼬리를 늘이며 생각에 잠긴 여자를 보고 엄마는 가만히 웃었다. 그러고는 시간 괜찮으면 한잔하시고 가라며 코드를 콘센트에 꽂았다.

"유자차 한 잔 드시고 가세요."

엄마가 재차 권하자 여자는 혀를 조금 빼물며 원목 탁자 앞에 앉았다.

"기자시라고요? 어디 방송국 다니시는지 여쭤봐도 되나요?"

"아, 네. MBS에 다니고 있어요."

아직 연차가 얼마 되지 않았다며 웃어 보인 여자는 찻잔을 손에 쥐고 조용히 입김을 불었다. 유자차 위로 피어오르는 김이 공기를 데웠다. 그래서일까. 격식을 차리는 손님에서, 가벼운 대화를 나누는 손님이 된 여자가 정중하게 물었다.

"저기, 처음 왔을 때부터 궁금했었는데요."

여자가 바깥의 간판을 가리키며 호기심 어린 눈빛으로 엄마와 나를 번갈아 바라보았다.

"가게 이름이 특이하던데, 무슨 특별한 이유가 있나요?"

여기 이곳은 가죽을 수선하는 곳인데 어째서 '가족'이라는 문구를 간판에 새겨넣었냐는 물음이었다. 엄마와 시선을 주고받은 나는 어쩐지 입술이 간지러워졌다.

"가죽복원소예요. 가족복원소가 아니라."

엄마가 익숙하다는 듯 살갑게 웃으며 말했다.

"네?"

여자가 놀란 듯 눈을 크게 떴다.

다시 돌아앉아 창밖을 바라보는 여자에게 엄마는 설명을 이었다.

"청소한 지 오래됐더니 글자 하나가 저렇게 보이더라고요."

그렇다면 왜 청소를 하지 않고 저대로 내버려 뒀냐는 여자의 궁금증을 읽었지만 엄마도 나도 별다른 대답 없이 비밀스럽게 웃기만 했다.

"왠지 재밌네요."

여자가 찻잔을 달그락 내려놓으며 웃었다.

"정말로 가족을 수선해줄 것 같다고 해야 하나. 해결사 같은 느낌이 들어요."

엄마나 나나 가죽이 아니라면 그 무엇도 수선할 수 없는 보통 사람인데도 굳이 여자가 받았다는 복원소의 인상을 깨고 싶지 않았다. 오늘만큼은.

"인터넷에서 가죽 복원을 검색했을 때 사실 가장 가까운 거리에 다른 가게가 있었어요."

그러나 이곳으로 방문한 건 리뷰 중 하나가 눈에 띄었기 때문이었다고, 조근조근 말하는 여자의 얼굴은 한결 편안해 보였다.

'가족복원소라는 간판을 단 가죽복원소. 사장님이 친절하십니다. 만족.' 그런 평이 달린 것을 보고 여기 이곳까지 버스를 타고 왔다며 여자는 농담처럼 말했다.

"오늘 여기에서 필통을 고쳤으니, 저도 누구 한 사람과 다시 친해질 수 있을 것 같네요."

그렇게 말한 이가 누구인지 아는 나는 여자와 눈을 마주치며 조금 웃었다. 영문을 모르는 엄마에게 여자가 슬쩍 비밀을 꺼냈다.

"저한테도 복원되길 바라는 관계가 하나 있거든요."

"누구든 그런 사람이 꼭 있죠."

엄마의 너스레에 여자가 그렇겠죠, 하며 웃었다.

"저도 있었답니다."

엄마가 장난스럽게 털어놓는 과거를 듣고 나는 괜히 움찔했다. 혹여라도 아빠를 언급할까 봐 조마조마해졌지만 더 이상 이어지는 고백은 없었다.

사이가 멀어진 친언니. 그가 동생을 생각하며 만들어준 가죽 필통. 아무리 자매지간이어도 영원히 친밀하게 지낼 수만은 없는 현실. 원수만도 못하게 멀어지는 가족도 있음을 상기하며 나는 가만히 유자차를 마셨다.

"괜찮아요."

나도 모르게 꺼낸 말이 정적을 깼다. 처음 여자를 울렸던 말이, 이제는 웃게 만든다. 여자가 고개를 끄덕였다.

"맞아. 괜찮아요, 이젠."

괜찮다고 말하자마자 정말로 괜찮아지는 몇 안 되는 순간이 손님에게도 나에게도 찾아왔다. 시간이 흘러 애프터서비스가 필요하게 될지라도 한 번이나마 회복된 경험은 중요하다.

여자가 돌아간 가게에 오랜만에 켜둔 라디오 소리가 울렸다. 심야 방송의 아나운서가 낮은 목소리로 청취자의 사연을 읽었다. 신청곡과 광고가 차례대로 흘러나오기를 몇 차례.

"눈이 또 오네."

창문 밖을 보며 엄마가 중얼거렸다.

영원히 마모되지 않는 건 없다. 이념이나 관념이 아닌 이상 물성과 살아 숨 쉬는 힘을 가진 모든 것들은 닳으면서 시간을 견뎌낸다. 나는 앞으로 얼마나 많은 가죽을 만질까. 복원 불가능한 상태에 이른 물건이나 사람을 얼마나 만나게 될까. 물건과 그 물건의 주인이 가진 사연에 동화되어 일희일비하지 않아야 할 텐데.

"갈까?"

엄마가 말하며 먼저 자리에서 일어났다.

나는 얼룩 복원제 뚜껑을 닫을 뿐 대답하지 않았다. 의자를 끌고 일어나 벗어둔 코트를 입고 목도리를 맸다. 나는 진열대 앞에 우두커니 서 있다가 엄마를 향해 돌아섰다.

"처음에 가게 왔을 때, 그 손님 울었어."

"누구? 최유지 씨?"

"응."

뭔가를 포기하며 사는 게 어른은 참 많고 그것이 상당히 힘든가 봐. 그게 아니라면 나는 울고 싶어 하는 사람만 끌어들이는 불필요한 힘이 있나 봐. 이대로 가면 엄마의 가게가 눈물바람이 될지도 모르겠어. 그런 시시껄렁한 말을 늘어놓다가 고개를 들자, 엄마가 이를 드러내며 웃었다.

"그러니 얼마나 뿌듯하냐."

우리 가게의 책임감이 막중하잖아, 하고 말하며 엄마는 스탠드 조명의 불을 하나씩 껐다. 라디오마저 끄자 복원소가 완벽히 고요해졌다.

"나, 잘하고 싶어."

복원하는 일을.

이 문을 열고 들어선 이를 대하는 일을.

찾아와서 우는 손님이라도, 그가 들고 온 것이 가죽 아닌 가족이어도.

그런 말을 모두 늘어놓진 않았지만, 내 속에서 들끓는 욕심을 알아차린 엄마는 기쁘다는 듯 웃었다.

"잘하겠지."

"……."

"널 좀 믿어봐라. 그래도 돼."

나는 엄마의 곁에 서서 나란히 하늘을 올려다보았다. 장갑을 끼지 않은 손바닥 위로 떨어진 눈송이가 빠르게 녹아내렸다.

"저번에 말한 거 있잖아."

엄마가 먼 데를 바라보며 입을 열었다.

"복원소에서 같이 일하고 싶으면 네 실력도 중요하단 거."

"어어."

떨떠름하게 대답하자, 엄마가 살그머니 입술을 올리며 말했다.

"진구 네가 할 만한 작업은 앞으로 네가 맡아봐. 손님 응대도 종종 네가 하고."

그러니까 엄마의 말은 내가 나를 정말로 증명해야 한다는 거였다. 가죽에 기대오면서 가죽과 친해지려는 진심을 알았으니, 엄마도 진지하게 제안한 것이었다.

나는 말없이 고개를 끄덕였다. 손님이 맡기고 간 물건의 대략적인 구입처 등을 파악해 서비스의 처음과 끝을 도맡게 된 건데, 갑작스러운 과제였지만 은연중에 마음의 준비를 해온 터라 마냥 당황스럽지는 않았다.

하나의 시험을 치르면 다른 시험이 기다리고 있다. 어쩌면 평생에 걸쳐 치를 광범위한 시험의 하나였고, 앞으로 출제자는 엄마를 포함하여 복원소에 들르는 모든 손님이 될 것이다.

"집에 가자."

엄마가 앞장서서 걸었다.

"같이 가요."

나는 넘어지지 않게 신경 쓰면서 엄마를 따라갔다.

시험을 치를 준비가 됐다는 생각이 든다. 아니 어쩌면 이미 시험을 치르고 있는 건지도 모른다. 이제부터 시작이었고 반드시 합격하리라는 다짐이자 예감이 손끝을 달군다.

오늘, 최유지 씨가 찾아간 가죽 필통 안에 새로운 노래가 담기면 좋겠다. 늦더라도 그만의 노래를 이어나가면 좋겠다. 필통을 선물해줬던 그의 언니와 어떤 식으로든 닿았으면 싶었고, 그렇지 않더라도 괜찮으리라는 느낌이 든다. 가족복원소의 간판 아래를 드나든 이들 중 한 가족 이상은 정말로 복원 비슷하게 되지 않았던가.

　나는 고개를 한껏 젖혔다. 바람에 실린 눈송이가 불 꺼진 간판에 내려앉는 것을 보다가 엄마를 따라 주차장으로 향했다. 걷는 대로 발자국이 남았다. 봄을 기다리고 있지만 겨울이 조금 더 길어도 좋을 것이다.

3

채집사의 지갑

하늘에서 짐승 우는 듯한 소리가 들리는가 싶더니 창밖이 번쩍거렸다.

천둥 번개를 동반한 폭우가 새벽부터 쏟아지고 있었다. 나는 요란한 빗소리를 들으며 전기포트의 전원을 켰다. 물 끓는 소리 사이로 제습기가 우웅, 하고 작동하는 소리가 이어졌다. 온도와 습도에 민감한 가죽을 다루는 가게다 보니 환기를 자주 시키는 편이었는데, 오늘처럼 비가 많이 내리는 날에는 온종일 제습기를 틀어두곤 했다.

외부 환경의 영향을 거의 받지 않는 식물성 가죽제품을 맡기는 손님들이 느는 추세였지만, 여전히 동물성 가죽제품이 의뢰 품목의 높은 비율을 차지하는 탓이었다. 오래된 가게여서 곰팡이에 취약한 점도 한몫했다.

그랬기 때문에 엄마는 언제나 일기예보에 주의를 기울였다. 혹여라도 염색이 더디게 되거나, 장기 보관 중에 변형되는 일이 없도록 신경을 쓰는 건데, 그런 엄마의 마음을 모르지 않기에 덩달아 포털 사이트에 들어가 날씨를 검색하곤 했다. 매일 아침저녁으로 오늘과 내일, 그리고 다음 주 날씨까지 미리 파악하는 것이다.

다채로운 날씨처럼 복원소를 찾는 손님들 역시 각기 구별될 만한 특징을 가졌는데, 오늘처럼 비가 내리는 날이면 문득 생각나는 손님이 있다. 내가 가죽에 본격적으로 기대기 전. 그러니까 엄마 홀로 가게를 지키는 날이 많았던 초창기에 방문했던 남자였고, 나는 그를 만난 적 없는데도 그의 용모며 목소리를 직접 보고들은 듯이 파악하고 있다.

"안녕하세요."

그러므로 지금 막 바람과 함께 복원소로 들어선 남자를 보자마자 선득한 느낌이 들었을 것이다.

"혹시 사장님이 바뀌었나요?"

반듯한 정장 차림인 남자는 한눈에 보기에도 무거워 보이는 가죽 서류 가방을 들고 있었다.

굵은 뿔테 안경을 쓴 얼굴은 앳되어 보이는 한편, 투명한 렌즈 너머로 보이는 주름진 눈매는 나이를 짐작할 수 없을 만큼 늙어 보이기도 했다. 한마디로 남자는 나이를 짐작하기 어려운 외모였다.

"엄마는…… 사장님은 잠깐 우체국에 가셨는데요."

"그렇군요."

남자가 점잖은 목소리로 방문 목적을 밝혔다.

"지갑을 찾으러 왔는데, 오래전에 맡긴 거라 아직 보관하고 계실지 모르겠네요."

복원소 구석에는 창고 용도로 쓰는 작은 방이 딸려 있다. 거기에 연락이 닿지 않아 방치된 의뢰품들을 상자째 보관하고 있었는데, 대체로 비용이 모두 지불된 물건들이어서 함부로 버릴 수 없으므로 기약 없이 맡아두는 중이었다. 그 물건들 중에 남자의 것이 있음을 예감하며 나는 고개를 끄덕였다.

"성함이 어떻게 되세요?"

"최효준입니다."

남자의 이름을 듣자마자 언젠가 장맛비가 내리던 날 엄마가 들려준 이야기가 떠올랐다. 눈앞의 남자는 그 사람이 정말 맞을지도 모르겠다.

침묵을 깨고 물 끓는 소리가 줄어들었다. 적당한 온도로 끓어오른 물로 커피 한 잔을 내려 드릴 수도 있었지만, 정신이 딴 데 가 있었다. 남자의 시선이 전기포트에 닿는 것을 보던 나는 서둘러 엄마의 수첩을 꺼내 뒤적였다.

최근에는 손님별로 의뢰 품목과 연락처, 수선 과정 등을 엑

셀 파일로 정리하고 있으나 영업 초창기의 정보들은 수첩에만 기록돼 있었다. 한창 장마철이었으니 아마 6월부터 9월 무렵일 것이다. 장부를 빠르게 넘기던 나는 엄마가 힘주어 눌러쓴 이름 석 자와 그 옆의 물음표를 검지로 짚으며 고개를 들었다.

"……최효준 씨. 반지갑 맡기신 분 맞죠?"

"네."

"육 년 만에 오셨네요."

남자가 소리 없이 웃었다.

"벌써 시간이 그렇게 흘렀나요."

오래전에 의뢰하고 간 반지갑을 찾으러 채집사가 왔다.

* * *

아마 중학교에 입학한 무렵부터였을 것이다. 토요일 밤이면 소파에 앉아 엄마와 영화를 보곤 했다. 별다른 약속이 있지 않은 이상 매주 지켜오던 둘만의 오랜 일과였고 밤 아홉 시쯤 습관처럼 TV를 켜 채널을 돌리는 건 내 역할이었다.

주말마다 볼 만한 채널을 찾아 리모컨 버튼을 누르는 일을 꽤 좋아했다. 그날만은 엄마도 나도 다른 일 제쳐 두고 예능이며 영화에 온 신경을 기울였다. 그러면서 웃거나 울었는데, 무엇을 보든 가장 마지막에 보는 건 늘 영화였다. 영화 전문

채널에서 방영하는 영화를 보다 보면 금방 자정을 넘기 일쑤였고, 주말을 보내기에 그보다 정적이면서 재밌는 시간은 찾지 못했다.

한동안 영화 보는 일을 건너뛰다가 오랜만에 집에만 머물며 TV 앞에 앉은 토요일이었다. 오전부터 비가 내리다가 그치길 반복하더니 날이 저물자마자 요란하게 번개가 치기 시작했다. 잠시 광고가 나오는 동안 화장실에 다녀온 엄마가 주방에서 뭔가를 부스럭거렸다.

"라면 어때?"

엄마가 라면 두 봉지를 흔들며 외쳤다. 바람이 많이 부는지 빗줄기가 창문을 거세게 때렸다.

"좋지."

"순한맛?"

"음. 매운맛으로!"

나는 냄비에 물을 붓고 가스레인지에 올려두었다. 배가 고파서 그런지 물이 끓기를 기다리는 삼 분여의 시간이 유난히 길게 느껴졌다.

엄마가 오이지 반찬을 꺼낼 무렵에는 물이 끓었고 나는 스프와 면을 연달아 투하했다. 매콤한 라면 냄새가 순식간에 공기 중에 퍼져 침이 고였다. 젓가락으로 면발을 몇 번 휘젓고 불을 끌 때는 식욕이 걷잡을 수 없이 부풀어 있었다.

"진구야."

엄마가 갑자기 그 말을 꺼낸 건 라면을 한 봉지 더 끓일까, 고민할 때였다.

"넌 비 오면 생각나는 사람 있어?"

"아니."

"엄만 있는데."

설마 아빠는 아니겠지 싶어 불안해하며 쳐다봤는데, 다행히도 엄마가 화제에 올린 이는 다른 사람이었다.

"왜 전에 한 번 말해준 적 있을걸. 비 많이 왔을 때. 가죽 지갑 맡기러 왔다 간 잘생긴 남자 얘기했었잖아."

좀처럼 손님 얘기를 하지 않던 엄마가 드물게 이야기를 꺼낸 날이 있긴 했다. 조금 특이한 손님이 왔다고 했던가. 보기 드문 미남이었다는 말이 먼저였다. 궂은 날씨 탓에 복원소가 어느 때보다 한산했던 그날 방문한 남자를 엄마는 아무래도 잊지 못하는 눈치였다.

"아, 그 배우처럼 잘생겼다던?"

"응."

엄마의 복원소에 다녀간 손님은 많았지만, 그중에서도 유난히 인상 깊은 사람이 있다고 말하던 엄마는 조금 흥분한 듯 보였다.

그 사람에 대해 지나가는 투로 말하던 엄마를 나 또한 잊지 못하고 있었다. 대체 얼마나 잘생겼기에 호들갑을 떠나 싶었지만 더는 묻지 않았었다. 이 동네에서 본 적 없는 훤칠한 체격을 가진 미남이 지갑을 맡기러 왔었고, 그이가 맡긴 지갑으로 말하자면 지퍼 손잡이부터 안감까지 손봐야 하는 난감한 상태였다고 했다.

"그때 말이야."

엄마가 젓가락으로 배추김치를 뒤적이며 말문을 열었다.

"너한테 하다 만 얘기가 있어."

"무슨 얘기?"

잘게 썬 오이지 두 개를 동시에 집어 먹는 나를 보며 엄마는 잠시 할 말을 고르는 듯 입을 다물었다.

"분위기가 좀 묘한 사람이었는데."

엄마가 뜸을 들이다가 중얼거렸다. 엄마의 표정을 보고 있자니 천천히 의아해졌다. 아닌 게 아니라 엄마에게서 뭔가 말하기 어려운 듯 망설이는 기색이 느껴진 탓이었다.

"그 지갑, 특이했거든."

그러니까 그건 엄마가 겪은 조금쯤 기이한 일이었다. 날마다 반복되는 일상에서, 딱 눈가에 떨어진 속눈썹만큼 신경 쓰이는 일.

설명하기 어려운 손님과 그의 지갑에 대한 이야기를 꺼내는 엄마의 눈빛이 깊어졌다. 생각해보면, 하고 엄마가 입을 열었다.

"그 남자가 안녕하세요, 하면서 들어올 때부터 왠지 좀 오싹했어."

"목소리가 별로였어?"

"아니."

엄마가 단호하게 고개를 저었다.

"엄청 멋있었는데."

그게 뭐야. 비장한 얼굴과 달리 엉뚱한 감상이 이어져 웃고 말았다. 그러나 목소리가 엄청 멋있고 분위기가 묘한 남자에 대한 이야기는 계속해서 들을수록 웃을 수 없었다.

그 남자는 해가 질 무렵에 바람처럼 찾아왔다고 했다.

비가 와서 더욱 어둑하게 느껴지던 저녁에 가게로 들어선 젊은 남자는 엄마가 앉아 있던 간이 작업대로 구둣발 소리를 내며 걸어왔는데, 남자의 눈가에 있는 잔주름이 보일 만큼 가까워진 순간 시트러스 향이 풍겼다. 향기로운 남자에 대한 기억은 오래가기 마련이라 엄마는 남자를 선명하게 떠올렸다.

"어서 오세요."

들고 있던 에어스프레이건을 내려놓으며 엄마는 남자를 반겼다.

"안녕하세요."

남자는 정장 재킷 안주머니에서 낡은 반지갑을 꺼내 내밀었다.

"지갑을 좀 맡기러 왔는데요."

"어디 보자."

엄마가 말하기를 복원소에 방문하기 직전까지 사용한 게 틀림없는 지갑에는 교통카드와 신용카드, 천 원짜리 지폐가 서너 장 꽂혀 있었다고 했다. 한눈에 봐도 세월의 흔적이 묻어 있는 지갑을 훑어보며 엄마는 가죽 세척부터 코팅제 흡수 처리까지의 과정을 어림잡았다.

"수선하려면 얼마나 걸릴까요?"

시간과 견적 비용을 묻는 점잖은 목소리에 고개를 든 엄마는 일정을 살피는 일을 잊고 잠시 감탄했다. 습관처럼 손님의 눈을 바라본 엄마는 남자의 마음이 작용하는 어떤 빛이 눈동자에 고여 있다고 생각했다. 앳된 인상이지만 어딘지 모르게 우수에 찬 눈빛이 시선을 끄는 남자였다.

"음, 이 주 정도 걸릴 것 같네요."

"그렇습니까?"

"보시다시피 표면이 많이 닳아서 전체적으로 세척하고 염색약도 입혀야 하거든요. 광택도 살리려면 두 번 건조하고 약도 입혀야 돼요. 비용은 십오만 원. 원하시면 택배로 받아보실 수 있는데, 어떻게 하시겠어요?"

달력을 확인하며 엄마가 견적을 내자, 남자는 직접 수령하겠다고 대답하고는 잠시 머뭇거렸다. 어차피 출장 때문에 다시 들를 계획이란 말에 엄마는 수년간 여러 손님을 상대해온 사장님답게 대화를 이어갔다.

"많이 바쁘신가 봐요, 장마철에."

"예, 일이 좀 몰리네요."

남자의 입술이 살며시 올라갔다. 그가 웃자 차가워 보이던 인상이 부드럽게 풀어졌다.

"다행히 매일 바쁘진 않습니다. 날마다 채집하러 다니진 않거든요."

"채집이요?"

낯선 직무에 흥미를 느낀 엄마가 눈을 동그랗게 뜨자, 남자는 작업대 위에 내려둔 가죽 지갑을 만지작거리며 느릿느릿 설명했다.

"설화나 전설, 민담을 조사하는 일을 하고 있습니다. 꽤 많은 동네에 녹음기 들고 어르신들 찾아뵙고 다녀요."

"아, 그런 일이 있군요."

자신을 도시개발계획과 소속 공무원이라고 소개한 남자는 특유의 느긋한 말투로 말을 이었다. 경로당이나 마을회관을 주로 돌며 어르신들의 이야기를 녹음하고 정리하는 것이 그의 주된 업무라고 했다. 지역마다 전해져 내려오는 이야기가 있고, 그런 이야기들은 하나의 뿌리에서 가지치기한 듯 다른 지역의 이야기와 결이 닮았다고 말하며 남자는 웃었다.

"뜻깊은 일을 하시네요."

"뜻깊은 일일까요."

"누군가는 꼭 해야 하는 일이니까요."

엄마의 말에 남자는 턱을 매만지며 생각에 잠겼다. 그러더니 조금 피로한 얼굴로 미소 지었다.

"그렇게 생각해주시니 감사합니다."

마침 비가 내려서 무료했던 늦은 저녁에 엄마는 남자의 가죽 지갑을 이리저리 살피며 말을 걸었다.

"이 지갑, 오래 쓰셨나 봐요?"

"아, 네. 원래 다른 사람이 쓰던 건데…… 버리지 못하고 제가 쓰고 있습니다."

"물려받으신 건가요? 최소 이십 년 이상은 쓴 것 같은데."

사용감이 상당해 보이는 지갑의 요모조모를 뜯어보던 엄마는 문득 조용한 남자를 올려다보았다. 어딘지 모르게 표정이 굳은 남자가 한참 만에 꺼낸 말은 예상 밖의 암담한 말이었다.

"약혼자가 쓰던 겁니다."

* * *

　대화를 나누다 보면 상대방이 먼저 말을 꺼내기 전에 더는 묻지 말아야 하는 선이 분명히 보이는 순간이 있다. 엄마는 바로 그때 이쯤에서 적당히 두루뭉술하게 이야기의 방향을 돌려야 한다는 것을 느꼈을 것이다. 약혼자가 쓰던 지갑. 결혼을 약속했던 이와 식을 올렸다면, 약혼자가 아닌 배우자로 소개했을 테니까.

　더 듣지 않는 게 맞았고, 공연히 호기심을 내색하지 말아야 했다. 그런데 남자의 말은 거기서 끝나지 않았다.

　"그 사람이 남긴 유품이라, 버리지 못하고 쓰고 있습니다."

　"유품?"

　라면 국물을 떠먹던 나는 예상 못 한 말에 사레가 들릴 뻔했다.

　가까스로 재채기를 참고 엄마를 바라보았다. 세상을 떠난 이가 남긴 물건을 버리지 않고 쓰는 일이 드문 경우는 아니다. 어떻게 보면 지극히 평범한 행위라고 할 수 있다. 그런데 엄마의 말을 듣고 놀란 이유는 따로 있다. 그때는 엄마가 말해주지 않았던 것. 그러니까 남자가 맡긴 지갑의 전 주인 이야기는 처음 들었기 때문이다.

"그땐 이런 말 없었잖아."

"그랬지. 안 했지."

엄마가 순순히 고개를 끄덕였다. 나는 정작 중요한 말을 빠트린 엄마에게 일말의 배신감을 느꼈다.

"그냥 지갑 맡기러 온 손님이 잘생겼다고만 했잖아."

"응, 그랬지."

엄마라고 해서 복원소에서 겪은 모든 일을 일일이 나와 공유하진 않았다. 내가 학교에서 보낸 시간을 엄마에게 상세히 털어놓지 않듯이. 나는 모르는 어른의 영역이 반드시 존재하기 마련이고, 무엇보다 엄마가 손님과 나눈 이야기를 아들인 내게 낱낱이 전할 이유도 없었다.

그러니 엄마가 그날로부터 제법 시간이 흐르고 나서 꺼낸 지갑의 주인에 관한 이야기는 조금 특별한 경우였다. 단순히 흥미로운 손님에 관해 털어놓는 게 아니라, 엄마 자신이 겪은 잊지 못할 일화를 나누는 것이었으므로 자연스럽게 상체를 기울이게 됐다.

"그래서, 그날 대체 뭔 얘길 들은 거야?"

엄마가 들어봐, 하면서 목소리를 낮췄다. 엄마의 말에 귀를 기울이는 동안 빗줄기가 더욱 거세졌다.

지역마다 전해 내려오는 옛이야기를 채집하는 남자의 지

갑은 브랜드의 로고가 박히지 않은 검정 가죽 지갑이었다. 카드 수납공간이 많은 반지갑은 평소에 각종 신용카드며 영수증 따위를 가득 넣고 다닌 모양인지 저절로 벌어질 정도였으며, 손때 묻은 대로 모서리마다 가죽이 벗겨져 있었다.

"그 사람이, 많이 아끼던 지갑이었습니다."

먼 데를 바라보는 눈을 한 남자를 보며 엄마는 조용히 그렇군요, 하고 대답했다.

유품.

약혼자가 소중히 쓰던 지갑.

얼마 되지 않는 정보를 짜 맞추던 엄마는 괜한 감정을 내비치지 않으려고 작업대 위의 물건들을 정리하기 시작했다. 이별을 했구나, 막연히 짐작하며 엄마는 입을 다물었다. 엄마가 괜한 말을 얹지 않으려고 노력하는 동안 남자는 지갑 안의 내용물을 하나씩 재킷 주머니에 넣었다.

"그거 아세요? 한시도 내려놓지 않는 물건으로 핸드폰을 많이 꼽지만, 실은 그것만큼 지갑을 챙겨 다닌다는 거요."

"음, 맞아요. 저만 해도 어디 나갈 땐 지갑을 꼭 챙기니까."

할 말을 고르던 엄마는 무겁게 입을 열었다.

"그분만큼 이 지갑을 아끼시나 봐요."

"네, 후회돼서요. 사는 동안 잘해주질 못했거든요. 싸우는 만큼 많이 아꼈는데 표현을 잘 못했죠."

제아무리 사랑하는 관계여도 다투지 않고 지낼 수는 없다. 천생연분일지라도 언성 높이며 부딪히는 일을 피하지 못할 것이다.

"안 싸우는 커플이 어딨나요."

엄마의 말에 남자가 나지막이 웃었다.

"그렇겠죠. 아무래도."

싸우며 만나는 사람. 다투면서도 같이 지내는 사람. 오늘 사과해도 내일 다시 싸우는 사람. 한때 엄마도 잘 아는 것이었으며, 이별이 흔한 시대에 어느 한 사람이 포기하지 않아 지속되는 사랑은 귀하다고도 할 수 있다.

엄마의 너그러운 말씨와 친근한 분위기에 이끌려서일까.

"그 사람은, 사고로 떠났습니다."

남자가 별안간 그렇게 말했을 때 엄마는 오랜만에 당황한 나머지 바로 적당한 대꾸를 하지 못했다고 한다.

"사고요?"

엄마는 그렇게 반사적으로 되물었다.

가뜩이나 사건 사고가 하루가 멀다 하고 쏟아지는 세상이다. 그럼에도 사고로 누가 죽는다는 건 큰 충격일 수밖에 없었다.

"사람들은 '묻지마 폭행'이라고들 하더군요."

불특정한 사람을 아무 이유 없이 때리는 범법 행위를 가리키는 말이었지만, 남자도 엄마도 그 말의 본의를 의심했다. 특정 성별이나 연령의 피해자가 대부분인 폭행을 한 단어로 뭉뚱그려서는 안 됐으니까. 엄마는 언젠가 지나가듯 본 뉴스 기사 몇 개를 떠올렸다. 길을 걷다가 무작위로 폭행을…… 그 자리에 있던 시민들 덕분에 큰 부상을 당하진 않았지만…… 한동안 충격이 커서 상담을 다녔으나 결국…….

심심치 않게 듣게 되는 사고의 결말이 무섭게 가슴을 짓눌렀다. 엄마는 어떠한 말을 꺼내면 좋을지 몰라 입술만 달싹였다.

사랑하는 사람이 남기고 간 지갑을 간직하며 쓰게 됐다는 사실을 들은 엄마는 한참 동안 침묵을 지켰다. 남자에게 지갑이 어떤 의미인지 들었으므로 더욱 신경 써서 손보리라 마음먹었고, 그런 엄마에게 남자는 괜한 소리를 한 것 같아 죄송하다며 희미하게 웃어 보였다.

"이 지갑을 갖고 다니면, 계속 우리가 이어져 있는 것 같아요. 제게 좋은 일이 있을 때마다 이 지갑을 갖고 있기도 했고요. 골치 아프던 민원을 해결했을 때나, 연락이 꼭 닿았으면 하던 교수님의 연구실에 방문할 때 꼭 이걸 들고 있었어요."

"그렇군요."

"같이 있다는, 그런 느낌이 듭니다. 지갑이 날 좋은 길로 끌어주고 있단 생각도 들고요."

그 순간 엄마는 창밖의 비바람 소리가 거짓말처럼 잦아드는 걸 설핏 느꼈다고 했다.

"한번은 지갑을 볼 때마다 떠난 애인 생각이 나서 방에 둔 쓰레기통에 버린 적이 있는데…… 다음날 보니 책상 위에 놓여져 있더군요."

지갑이 스스로 움직였을 리는 없다. 남자가 건들지 않은 이상 불가능한 일이다.

"어떻게 그런 일이."

어색하게 웃는 엄마를 보며 남자는 '아무래도 믿기 어렵죠.' 하며 목덜미를 긁적였다.

그런가 하면, 하고 입을 다시 연 남자는 그가 겪은 신기한 일화를 몇 가지 들려주었다. 특정 동네에 전해져 내려오는 옛이야기를 채록하러 다닐 때면 노인정과 대학교, 동주민센터 같은 델 오가야 하는 일이 많은데 그때마다 신용카드나 교통카드보다 현금이 필요한 경우가 종종 생긴다고 했다.

"지폐가 접혀 있거나, 지폐 사이에 오백 원짜리 동전이 껴있을 때도 있고…… 그런 우연이 겹치다 보니 지갑이 날 도와준다는 느낌마저 들더라구요."

우연이 계속되다 보니 꼭 세상을 떠난 그이와 함께 있는 듯한 느낌이 들어서 가죽이 떨어지고 허름해진 지갑이라 해도 차마 버릴 수 없었다며 남자는 웃었다. 그의 일화는 어쩌면 그저 소소한 우연일지도 모른다. 하지만 과학의 영역으로 설명할 수 없는 필연일 수도 있다.

지갑에 눈길을 둔 채 웃는 남자의 얼굴을 보며, 엄마는 이 장면이 오랫동안 드문드문 떠오르리라는 생각이 들었다고 했다.

"안녕히 계세요."

희한하고 슬픈 이야기를 마친 남자가 처음 복원소에 들어설 때처럼 나직이 인사했다. 남자의 뒷모습을 물끄러미 보던 엄마는 아차 싶어 남자를 불러 세웠다.

"저기 성함과 연락처를 알려주셔야……."

남자의 이야기를 홀린 듯 듣느라 달랑 물건만 받은 것이다. 남자는 문가에 서서 대답했다.

"최효준입니다."

뒤이어 연락처를 받아적은 엄마는 남자가 고갯짓으로 인사하고 나선 후에도 한참 동안 창밖을 내다보았다.

남자가 돌아가고 난 다음 날에는 날씨가 궂었지만 다행스럽게도 손님 몇 사람이 복원소에 의뢰를 맡겼다. 가죽 손상 범위를 확인하며 견적을 내는 과정을 몇 차례 반복하며 틈틈이 의뢰품의 수선을 진행하다가 남자의 가죽 반지갑을 손보기 시작한 건 그로부터 이틀이나 더 지나서였다.

염료가 탈락한 부분마다 표면이 거칠었다. 먼저 세척하고 나서 건조하는 과정을 두 번 거친 사포질을 끝내고 염색약까지 입히자 날이 저물었다. 작업대 위에 꺼내둔 염색약을 정리하며 집에 갈 준비를 하던 엄마는 문득 문가에 서 있는 사람을 보고 멈칫했지만, 지나가는 사람인가 싶어 오래 눈길을 두지 않았다. 그러다가 목덜미가 섬뜩한 느낌을 받아 고개를 슬쩍 돌렸을 땐 아무도 없었다고 한다.

잘못 본 건가. 조금 신비한 이야기를 들었다고 해서 헛것이라도 본 건가. 혼잣말하며 짐을 챙기던 엄마는 조금 전에 봤던 사람이 여자였으리라고 어렴풋하게 짐작했다.

어쩐지 그 사람이 절 지켜주는 것 같은 기분이 듭니다. 소중한 것이니 잘 부탁드립니다.

남자가 복원소를 나서기 전에 사근사근하게 웃으며 건넨 당부의 말이 엄마의 귓바퀴를 한참 맴돌았고, 한기가 몰려온 엄마는 어깨를 조금 떨었다. 귀신 이야기 같은 건 믿지 않았지만 사람이 한 말은 대개 믿는 터라, 그날 엄마는 일찍 가게 문을 닫고 귀가했다.

"그래서……."

나는 젓가락을 내려놓으며 진지하게 물었다.

"그 남자가 지갑 찾으러 왔을 땐 이상한 일 없었어?"

"응."

엄마가 조금 얼떨떨한 얼굴로 고개를 끄덕였다.

"왜냐면 아직까지 안 찾으러 왔거든. 연락을 몇 번 했는데, 받지도 않고."

"뭐?"

"아직도 찾으러 오질 않네."

나도 엄마도 한동안 입을 다물었다. 지갑을 맡겨둔 남자는 어디에서 뭘 하며 살고 있을까. 어째서 소중한 것이라면서 찾으러 오지 않는 걸까.

"그 지갑…… 아직 가게에 있어?"

설마 싶어 묻자 엄마가 당연하지, 하며 말했다.

"어떻게 버려."

사정이 생긴 손님이 언제든 찾아오리라 생각했고, 무엇보다 소중한 물건이라는 것을 알았으니 함부로 버릴 수 없는 노릇이었다. 다만 언젠가 창고가 발 디딜 틈 없이 꽉 차게 되면 그땐 기부를 하든 중고 시장에 내놓든 처분할 수밖에 없을 거라고 엄마는 말했다.

"암튼 신기하지?"

그렇게 말하며 너털웃음을 짓는 엄마는 그날 밤의 일을 떠올리는 모양인지 어후, 하면서 팔뚝을 문질렀다.

"응, 신기하네."

나는 아무렇지 않은 척 말했다. 오늘 밤 자기 전에 반드시 우스꽝스러운 영화를 한 편 더 보고 자야겠다고 생각하면서.
이대로 잠들면 한바탕 정신없는 악몽을 꿀 것 같았다. 거실에
켜둔 TV 소리만이 울려 퍼졌고 엄마와 나는 각자 생각에 잠
겼다.

"사랑을 믿어?"

한참 만에 엄마가 물었다.

"안 믿진 않지."

"사람이 죽어서도 사랑이 계속될 거라고 생각해?"

"아니, 영화나 드라마도 아닌데 어떻게 이어져."

"역시."

엄마가 장난스럽게 혀를 찼다.

"슈가보이가 되려면 멀었다, 차진구."

"아. 그놈의 슈가보이."

말은 그렇게 하며 고개를 저었지만 혹시 모를 일이다.

"세상엔 신기한 일이 참 많아, 그치?"

엄마가 웃으며 중얼거렸다.

"신기해, 정말."

복원소에 다녀간 남자와 그의 지갑만을 놓고 보자면 그리
특별한 일이 아닐지도 모른다. 어떻게 보면 사랑이 아직 끝나
지 않은 평범한 일화라고 볼 수도 있었다. 그러나 가죽 반지
갑을 둘러싼 기묘한 이야기를, 어쩌면 허울 좋은 사기꾼이 꾸

며냈을지도 모를 거짓말을 나마저 오래 기억하리라고 직감했다.

"그 사람, 또 올까?"

"글쎄, 모르지."

혼잣말처럼 중얼거린 말에 엄마는 눈을 반짝였다.

"좀 무섭지만, 늦게라도 왔으면 좋겠어."

"왜?"

"소중한 지갑이니까 잊지 않고 찾으러 오면 당연히 좋지. 기쁘겠지."

복원소에 지갑을 버린 게 아니기를 바란다는 말이었고, 나는 복원소 창고의 구석에 놓여 있는 몇 개의 상자들을 떠올렸다. 끝내 주인이 찾지 않는 물건들. 분실물과 성격이 닮아 있는 의뢰품들은 언제쯤 빛을 볼지 알 수 없다.

"뭐 하고 지낼까……."

엄마가 조그맣게 속삭였다. 여전히 옛이야기를 모으고 살까. 그는 지금도 어디선가 천직 같던 채집 일을 하고 있을까.

"늦게나마 배우를 하시려나? 잘생겼으니까."

한참 만에 엄마가 정적을 깨고 농담처럼 말했다.

"그럴지도 모르지."

나는 가만히 어깨를 으쓱했다. 엄마의 궁금증이 옮겨붙기라도 한 듯 얼굴 한번 본 적 없는 남자의 안부가 궁금해졌다.

미소가 아름답다던 그 남자는 어쩐지 아직도 옛이야기를 모으며 살고 있을 것 같다. 출장 중 난처하거나 난감한 상황에 처할 때마다 그의 연인이었던 존재가 알게 모르게 나서서 도와줄지도 모른다. 새것처럼 수선된 반지갑은 가게 한편에 보관돼 있으나, 멀리 떨어져 있는 그의 곁에서 여전히 그를 보살피는 것이다.

많은 지역을 돌아다녀야 하는 남자의 주머니 또는 가방에 연인이 쓰던 지갑 말고 다른 지갑이 꽂혀 있다 해도 무형의 존재이자 기운으로서 동행하고 있을 수도 있겠다. 남자와 처음 이어졌던 관계 그대로 복원된 채 머무르고 있는 그는, 살아생전의 모습은 없더라도 꼭 붙어 있으며…….

"만약 다시 온다면 하고 싶은 말이 있어."

엄마가 중얼거렸다.

"괜찮을 거라고."

나는 자리에서 일어나 개수대에 빈 그릇을 내려두고 돌아섰다. 주방 쪽 창문을 열자 습한 바람이 불어왔다.

"헤어졌더라도 완전히 단절되는 건 아니라고."

엄마가 눈동자를 굴려 나를 살폈다.

"또 가죽으로 된 물건은 생명력이 유독 기니까."

"그렇긴 하지."

그러니 그걸 기꺼이 수선하고자 한 남자와 그의 연인은 헤어져도 헤어진 게 아니라는 조심스러운 위로를 전하고 싶은 마음인 것이다. 그리운 사람과의 시간을 기억하며 나아갈 수 있을 테니 부디 잘 지내시라는 인사도 하고 싶겠지. 엄마가 꺼내지 않은 말을 들으며 나는 볼 안쪽을 살짝 깨물었다.

엄마도 혹시 아빠와 나누었던 기억을 여전히 곱씹고 있냐고 묻고 싶었다. 사랑을 믿느냐고? 믿지 않는다. 그런데 한편으로는 믿고 싶기도 하다. 어떤 이유로든 느리거나 빠르게 갈라설 수 있다는 걸 알면서도 한 번쯤 엄마가 아빠를 만났듯이 나도 사랑을 만나고 싶었다.

"그냥 비가 와서 생각이 났어. 그 남자랑 그 사람이 맡긴 반지갑이."

"비 안 와도 생각날 것 같은데."

"아냐, 한동안 잊고 있었어. 먹고 살기 바빠서."

엄마가 어쩐지 홀가분한 얼굴로 웃었다.

"어쨌든 가죽 만지는 사람이 되길 잘한 것 같아."

"갑자기?"

"한자리에서 여러 이야기를 기다리는 사람이 된 것 같으니까."

이거야말로 출장 없는 채집사가 아니겠냐고 말하는 엄마의 눈매가 부드럽게 휘어졌다. 엄마의 익숙하면서도 낯선 얼굴을 바라보며 나는 대면한 적 없는 손님과 그가 의뢰했다는 반지갑을 생각했다. 그가 떠나보낸 연인에 대해서 골똘히 생각하는 동안 밤이 깊어갔다.

비는 어느새 완전히 그쳐 있었다.

* * *

그리고 기억을 건너 드디어 만나게 된 남자를 믿을 수 없는 눈으로 올려다본다. 엄마가 비 올 때면 종종 생각하며 궁금해하던 바로 그 손님이다.

엄마의 오래전 말대로라면 남자는 채집사. 나는 엄마에게 그토록 인상 깊던 그를 엄마 없이 맞이하게 된 참이었다. 남자는 엄마의 말대로 과연 살면서 마주치기 어려운 미남이었다.

"저기, 물 올렸는데 커피 좀 드시겠어요?"

뒤늦게 커피를 권했지만 남자는 정중히 사양했다.

"괜찮습니다. 다시 일하러 가봐야 해서요."

"일이 아직 안 끝나셨나 봐요?"

엄마는 손님을 대할 때 항상 선을 넘지 않는 선에서 친근하게 굴어야 한다고 강조했다. 불편하지 않은 친절함. 부담스럽지 않은 다정함을 덕목으로 작업대 너머에서 손님을 맞아야 한다고 당부하곤 했는데, 조금 전 내가 한 질문이 혹시라도 심기를 건드렸을까 봐 조마조마하면서 남자를 바라보았다. 다행히 남자는 여전히 미소 띤 얼굴로 대답했다.

"네, 요즘 출장 갈 일이 많네요."

"아, 출장이요."

단 한 마디였지만 멋쩍거나 어색하지 않은 침묵이 이어졌다. 여전히 먼 지방으로 이야기를 채집하러 다니는 모양이다. 아니면 다른 직업을 구해 출장 다니는 업무를 맡았을까. 둘 중 어느 쪽일지 궁금해하며 나는 보이지 않게 손을 그러모았다가 폈다.

"정말 오랜만에 오셨네요."

그 순간 남자의 입가에 걸려 있던 미소가 희미해졌다.

"네, 물건 맡긴 걸…… 깜빡 잊었습니다."

그러나 그의 말이 사실이 아니라는 것쯤은 금방 눈치챌 수 있었다.

육 년. 그에게 육 년은 긴 시간이었을까. 나는 비스듬히 시선을 떨구는 남자를 살피며 그의 의중을 짚어보았다. 버리고 싶었을까. 죽은 연인이 남긴 물건을 잊고 싶었을까. 내내 기억하는 일이 괴로우니 찾지 않는 것으로 애도를 마무리 짓고 싶었을지도 모른다. 수선을 마쳐 새 상품 같은 지갑을 갖고 다니는 게 주머니 속에 돌을 넣고 다니는 일처럼 무겁게 느껴질 수도 있을 테니까. 그건 나로선 감히 어림짐작도 할 수 없는 무게일 것이다.

나는 잠시만 기다리라고 말하고는 창고로 향했다. 등 뒤로 남자의 눈길이 따라붙는 걸 느끼며 창고의 전등을 켜고 철제 선반에 칸칸이 쌓아둔 상자를 훑었다.

남자의 반지갑은 가장 상단의 선반에 있었다. 나는 먼지가 내려앉은 의자를 두 발 딛고 올라 그것을 조심스럽게 꺼냈다. 쌓여 있던 먼지가 한데 뭉쳐 떨어졌다. 코가 간지러워져 거리낄 것 없는 아저씨처럼 푸엣취, 하는 소리를 내며 재채기를 했다. 우스꽝스러운 그 소리를 바깥에 있는 신비로운 남자가 들었을 거라 생각하니 약간 머쓱해졌다. 어리다고 얕보는 사람이 아니라는 걸 알지만, 최대한 무게를 잡고 손님을 대하고 싶었는데.

먼지를 털어내며 창고를 나오자, 팔짱을 낀 채 생각에 잠겨 있는 남자가 보였다.

"아."

손에 든 상자를 바라보며 남자가 나직이 감탄했다. 나는 남자의 눈길이 닿은 상자를 조심스런 손길로 작업대 위에 내려놓았다.

"여기 있습니다."

상자를 열어 천 주머니 안에 든 반지갑을 꺼내 내밀자, 남자의 두 눈이 커졌다.

"엄마가 작업하신 거예요. 천천히 확인해보세요."

두 손으로 반지갑을 받아든 그는 잠시 아무 말도 하지 않았다. 나는 남자를 가만히 기다렸다. 그의 침묵과 망설임을, 어떤 미안함을 조용히 바라보았다.

"감사합니다. 그대로네요."

남자가 다시 입을 연 건 그로부터 한참 지나서였다. 남자는 기약 없는 물건을 오래 보관해줘서 고맙다고 재차 고마움을 표시했다.

나는 손을 내저었다.

"괜찮아요. 의외로 맡겨놓고 찾으러 오지 않는 분들이 꽤 계시거든요."

"그렇습니까?"

그것들을 모두 분실물로 봐야 하나. 속으로 생각하던 나는 엄마가 하고 싶다던 말을 전하려다가 입을 다물었다. 굳이 꺼내지 않아도 전해지지 않는 마음이 있다는 것을 안다. 그것을 남자도 알고 있으리라 생각했다.

반지갑을 챙긴 남자가 그럼, 하고 나지막한 목소리로 인사하며 돌아섰다.

"저기."

나도 모르게 그를 불러 세운 건 이번이 처음이자 마지막 만남이라는 예감 때문이다. 남자를 보며 나는 한발 늦게 그를 멈춰 세운 이유를 우물쭈물 꺼냈다.

"조심히 다녀오세요. 출장이요."

난데없는 인사에 남자가 미소 지었다.

"감사합니다."

그가 이번에는 어느 지역으로 무슨 이야기를 찾으러 갈 것인지 궁금했다. 기묘하게 생긴 바위나 산에 얽혀 있을 이야기를 얻거나 캐고, 잡아 모으는 일을 하는 그의 여정에 다시 연인의 반지갑이 동행해서 다행이라고 여기던 나는 문득 스친 생각에 의아함을 느꼈다.

그런데 보통 공무원이 이 늦은 시간까지 일을 하던가?

특수한 행사가 낀 업무라면 다르겠지만, 박봉인 대신 대체로 근무 시간을 꼬박 지키는 직종의 사람이 어째서 이 시간에 출장을 가는 건지 의문이 들었다. 한번 든 의아함이 금세 몸집을 부풀렸고 그것을 해소하려면 남자를 붙드는 수밖에 없었다. 좀 더 묻고 싶은 말이 있기도 했다.

당신의 마음은 복원할 필요 없이 여전한가요. 그런 사랑은 어떻게 만날 수 있나요.

나는 서성거리다가 문가로 향했다. 황급히 출입문을 열고 바깥을 내다보았다. 남자의 모습은 이미 보이지 않고 거센 빗줄기만 시야를 가렸다. 그리고 바람이 불어닥쳤다. 복원소 앞을 지나는 사람은 아무도 없었다. 가로등 불빛이 닿는 골목 저쪽으로 걸어갔을 남자를 찾으려고 한참 서 있다가 어깨를 쓸어내리며 문을 닫았다. 비가 내리면 생각날 사람이 내게도 생겼다. 아마도 엄마는 같은 기억을 공유하게 된 나를 반가워할지도 모른다.

돌아오는 토요일에 다시 무비 나이트를 보내자고 해야지. 한 주 내내 아껴두었다가 엄마를 깜짝 놀라게 하고 싶다. 미리 확인한 대로 당분간 비 소식이 계속되었으므로 남자와 그의 반지갑 이야기를 꺼내기에 알맞은 날씨가 될 터였다.

나는 엄마를 기다렸다. 그리고 조금쯤 사랑을 기다리는 마음도 들었다.

4

늙은 개의 목걸이

수요일 저녁 일곱 시쯤 되면 항상 마주치는 사람이 있다. 정확히 말하자면 지나가는 그를 내가 발견하곤 한다.

한 자세로 일에 열중하다 보면 몸이 뻐근해져서 환기라도 시킬 겸 종종 창문 너머로 행인을 구경하게 되기 십상이다. 처음 남자를 발견한 날도 그랬다. 작업대에 앉아 뻑적지근한 목을 이리저리 돌리며 무심코 창가 쪽을 바라봤다가 갈색 푸들 한 마리를 데리고 산책하는 그를 보았다. 이 근처에 사는 것 같아 나도 모르게 그들을 눈여겨보게 된 건데, 날이 저물면 수요일이 아니더라도 남자와 개가 복원소 앞을 지나가길 내심 기다렸다.

그들이 창밖으로 보이면 하던 일을 멈추고 잠깐씩 그들을 지켜봤다. 산책하는 개와 아마도 그의 주인일 게 분명한 남자를 보는 일은 의외로 흥미진진했다. 거의 같은 시간대에 개를 데리고 산책하는 남자는 내가 본 걸음 중 가장 느긋한 속도로 걸었는데, 동행하는 작은 개가 가로등 아래나 보도 한편에 피어난 세잎클로버라든가 민들레 따위에 흥미를 보이며 몇 번이고 멈춰 서는 것이 그들의 느린 산책의 이유인 것 같았다.

그게 아니더라도 어디 아픈 건가 싶을 만큼 걸음이 느린 개는 멀리서 봐도 살집이 없어 보였다. 나이가 들어 움직이는 게 불편한 것 같았고, 서 있는 것조차 힘겨워 보이는 개라면 산책을 건너뛰는 게 낫지 않나 싶었으나 저 작고 느긋한 개와 남자에게 무슨 사정이 있겠다는 생각이 들었다. 개에게 네 몸 상태로 더는 산책할 수 없다고 말했지만 바람 쐬는 일을 너무나도 좋아해서 소용없었다거나, 아니면 개와 개의 주인 간의 산책에 관한 맹약이 있다거나.

알 길 없는 산책팀의 사정을 내 멋대로 그려볼수록 그들의 산책을 지켜보는 시간이 약간 기다려지기도 했다. 그렇게 그들의 산책을 지켜본 지 한 달쯤 됐을 때였다. 대학교 신입생이라는 명목으로 여러 술자리에 얼굴을 비추다가, 모처럼 가게 일을 핑계 삼아 곧장 복원소로 향한 3월의 어느 수요일.

"⋯⋯어?"

출입문 앞에 낯익은 개가 앉아 있었다.

"너는……."

사람 아닌 개가 방문한 적은 처음이다. 간혹 길고양이나 까치가 복원소 앞에 앉았다 가곤 했지만, 이렇게 대놓고 문을 열어달라고 기다리는 동물은 내가 알기로 처음 있는 일이었다. 수요일 저녁마다 가게 앞을 지나가던 갈색 푸들이 고요한 눈망울로 나를 올려다보았다. 열어, 하고 말하는 듯한 눈빛이 귀여웠다.

"안녕."

가죽 목걸이를 달고 있는 녀석을 이만큼 가까이서 본 건 처음이라 나도 모르게 앞에 쭈그려 앉아 유심히 살펴보았다. 목걸이에는 '행운이'라고 적혀 있었다.

"안녕, 행운아."

너는 모르겠지만 나는 네가 익숙해. 너를 이미 알고 있어. 반가워. 그런 마음을 담아 인사를 건네보았지만 개는 그저 혀를 빼문 채 천천히 헥헥거렸다. 예상했던 것보다 훨씬 더 나이 든 모양인지 한쪽 눈이 부옇게 보였고 입가는 침으로 흥건히 젖어 있었다.

"왜 혼자 있어?"

그렇게 물어보며 주위를 두리번거리는데, 때마침 옆 상가에서 남자가 헐레벌떡 달려 나오며 개의 이름을 외쳤다.

"행운!"

그 목소리를 듣고 개가 꼬리를 흔들며 고개를 돌렸다.

"행운! 어디 갔었어!"

다시는 혼자 사라지지 마. 형을 혼자 두지 마. 이러지 마, 행운. 검은 봉지를 들고 뛰어온 그의 얼굴은 잔뜩 굳어 있었다. 울어 봐, 하면 울어볼게, 하고 눈물을 터뜨릴 것처럼 눈시울이 붉어져 있었다.

"형아 놀랐잖아. 행운, 너무 놀랐어."

개에게 속사포로 서운함을 토로한 남자는 가슴을 들썩이며 숨을 몰아쉬었다. 보아하니 편의점에 잠깐 다녀온 사이에 개를 놓친 모양인데, 잠깐이지만 많이 놀란 듯싶었다.

나는 괜찮으시냐고 묻지도 못하고 남자와 개를 지켜보았다. 남자와 달리 개는 타고나길 차분한 성격인지 가만히 꼬리만 흔들 뿐 호들갑을 떨지 않았다. 그런 녀석을 안고 쓰다듬던 남자의 얼굴이 잔뜩 일그러졌다. 역시 바로 울음을 터뜨릴 것 같다. 잠자코 그들을 지켜보던 나는 설마, 하며 남자를 올려다보았고, 남자의 조용한 개 역시 설마, 하면서 남자를 보며 킁킁거렸다.

"행운…… 다행이야. 사라지지 않아서."

훌쩍이기 시작한 남자가 중얼거리며 개의 목덜미며 입가에 얼굴을 가져다 댔다. 헥…… 헥…… 하고 느리게 숨을 몰아쉬던 개는 그러면 그렇지, 하는 태연한 눈빛으로 남자의 눈물을 핥았다. 자신보다 한참 작은 개에게 남자는 거듭해서 '형을 혼자 두지 마, 싫어.' 하고 어눌한 말투로 부탁했다. 그러더니 봉지에서 오백 밀리리터 생수병을 꺼냈다.

"행운아, 물을 마시자. 목이 마르지."

형을 오래 기다려주느라 네가 목이 마르지. 그렇게 말하며 제 손바닥에 물을 따라 먹이는 모습이 마음에 걸려 나도 모르게 한 걸음 다가서고 말았다. 개와 남자의 너른 등 위로 내 그림자가 걸치듯 내려앉았다. 개가 혀를 날름거릴 때마다 남자의 손바닥에 고인 물이 사방으로 튀었다.

"저기."

물을 얼마 못 마시고 죄다 흘려버릴 것 같은 모양새는, 나에게 좋은 핑계가 되어 줬다.

"잠깐 들어오실래요?"

짧은 순간 망설이다가 남자에게 먼저 말을 걸었다. 그러니까 친절을 바라지 않은 이에게 먼저 친절을 베푼 최초의 일이었다.

"물그릇으로 쓸 만한 컵이 있어요."

복원소 쪽을 눈짓으로 가리켰지만, 남자는 바로 알아듣지 못했다. 한국말이 서툰 게 분명한 그는 한참 만에 내 제안을 눈치채고 환하게 웃으며 땡큐, 했다. 그는 울음만큼 웃음도 많은 듯 보였는데, 살아온 세월이 무색하게 무척 천진한 사람 같았다.

돌아선 나는 출입문을 활짝 열었다.

"밖에 무슨 일 있어?"

복원소로 들어서는 내게 말을 건넨 엄마는 개를 안은 남자가 따라온 걸 보고 눈을 동그랗게 떴다.

"누구…….'

"안녕하세요. 고마워요."

남자가 인사하자, 눈치 빠른 엄마는 그가 가죽을 맡기러 온 손님이 아니라 다름 아닌 나의 사사로운 초대로 잠시 들렀음을 알아차렸다. 그러나 남자의 붉게 달아오른 눈매를 보면서는 어리둥절해했다. 설마 내가 울렸겠냐고. 나는 엄마에게 고개를 저어 보였다. 근래 들어 우는 사람을 잘 불러들이고 있지만, 모르는 사람을 울리는 밉상은 아니었다.

"잠시만요."

나는 작업대 옆 선반 구석에서 손님용으로 구비해놨던 물컵 두 개를 꺼내 정수기로 향했다. 물을 가득 따라 내밀자 남자가 감사합니다, 하면서 웃었다.

"이 근처에 사시나 봐요."

"네, 맞아요."

남자가 곱슬거리는 머리카락을 쓸어 올리며 싱그럽게 미소 지었다.

"그러니까 또 인사해요. 나중에."

이어진 남자의 말은 상냥했다. 오늘 우리가 대화를 나누었으니 다음에 혹여라도 마주치면 반드시 인사를 나누는 사이가 되자는 의지를 어떻게 거절할 수 있을까. 나는 약간 얼떨떨한 기분을 느끼며 고개를 끄덕였다.

낯선 사람과 통성명을 나누고 학사일정을 공유하며 이런저런 행사에 참여하는 대학생이 된 지 이제 한 달이 넘어간다. 복원소에서 낯선 손님을 응대하는 시간 역시 적지 않게 쌓아 올린 만큼 남자 그리고 그의 개와 친해지는 건 내게 부담스러운 일이 아니었다.

조용한 복원소에 개가 물을 마시는 소리가 작게 울렸다.

"알리예요."

남자가 손을 내밀었다.

"차진구…… 입니다."

그의 손을 맞잡으며 쑥쓰럽게 인사했다.

"큰일 날 뻔했어요."

그렇게 말하는 알리의 아랫입술에는 조그만 피딱지가 앉아 있었다.

"행운이는 '기다려'를 잘하는 개인데, 오늘은 날 기다리지 않았어."

여느 때처럼 산책하다가, 잠시 편의점에 들른 사이에 행운이가 사라졌다고 설명하며 알리는 작게 훌쩍였다. 그가 잠시 목줄을 놓아도 저 혼자 어딜 간 적이 단 한 번도 없었던 터라 이번 일로 큰 충격을 받은 듯했다. 그대로 잃어버리는 줄 알았다고 속상한 얼굴로 중얼거린 알리는 여전히 믿기지 않는 듯 고개를 내저었다.

"너무 놀랐어……."

"멀리 안 가서 다행이에요."

한 손을 가슴에 얹은 알리가 맞아요, 하고 중얼거렸다. 웃는 대로 접히는 눈꼬리에 작은 눈물방울이 맺혔다.

"행운이에게 행운이 따라줬지."

물을 몇 모금 마신 알리는 조금 진정한 얼굴로 다시 한번 고맙다고 인사했다. 그 사이 동물을 좋아하는 엄마는 행운이 앞에 쪼그려 앉아 어쩔 줄 몰라 하며 연신 귀엽다는 말을 반복하고 있었다.

"몇 살이에요?"

행운이의 목덜미를 쓰다듬는 엄마의 눈빛이 아이처럼 반짝였다.

"열네 살이요. 아마도."

알리의 대답을 듣고 엄마는 어르신이구나, 하면서 행운이의 이마를 살살 쓰다듬었다.

의젓한 어르신이었어. 얼굴은 아기 같은데. 엄마의 호들갑에 행운이는 말귀를 알아듣기라도 한 듯 꼬리를 흔들었다.

"입양했어요. 행운이."

"그래요?"

"네. 공고번호 2222-00034."

알리는 자신과 행운이가 만난 이야기를 느릿느릿 들려주었다. 파키스탄에서 태어나고 자란 알리는 스물일곱 살에 한국에 왔다고 했다. 그를 한국으로 이끈 것은 놀랍게도 민해경의 「그대 이름은 장미」라는 가요였다는 대목에서 엄마도 나도 입을 쩍 벌렸다.

"민…… 누구요?"

"해경이 누나. 라디오에서 처음 들었어."

알리는 그가 흠뻑 빠져들었던 한국 가요의 한 소절을 구성지게 불렀다. 그러고는 파키스탄에는 장미수가 유명하다고 말했다. 그가 근무하는 식품제조공장에서 직원들과 함께 주기적으로 동물보호소로 봉사활동을 다녔는데, 그곳에서 행운이는 가장 눈에 밟히는 개였다고 한다. 케이지 안에서 우직하게 사료를 먹는 작고 늙은 개. 보호소 직원과 봉사자들이 왔다 갔다 하는데도 전혀 신경 쓰지 않고 배를 채우는 일에 열중하는 모습이 좋았다고 알리는 말했다. 처음 보호소에 구조되었을 무렵에는 길에서 생활하며 생긴 상처와 피부병으로 몹시 지저분했다고 했다.

믹스견. 성격 순함. 식탐 많음.

입양 공고 글에 올라온 몇 개의 문구와 사진을 자꾸 찾아보며 알리는 운명이라 생각했다며 씩 웃었다.

"어쩌면 행운이는 용사였을지도 몰라요."

"용사요?"

뜬금없는 말에 나도 모르게 눈썹을 세웠다.

상처, 하고 알리가 말했다. 그것이야말로 행운이가 용감하게 살아남은 흔적 아니겠냐며 자랑스럽게 덧붙였다. 나는 알리를 올려다보며 그의 얼굴에도 흉터가 많다는 것을 알아챘다.

"아, 이거?"

내 시선이 어디에 머물고 있는지 눈치챈 알리는 태연히 설명했다.

"주짓수 배워요."

"아."

"맞은 줄 알았어?"

나는 화끈거리는 얼굴을 느끼며 서둘러 말을 돌렸다. 편협한 걱정을 했음을 들키고 싶지 않았다.

"산책하시는 모습을…… 가끔 봤어요."

"진짜?"

"네, 수요일 저녁마다 지나가시던데요."

"맞아요, 맞아."

복원소 근처에 있는 공장에서 평일부터 토요일까지 근무하는 알리는 이른 퇴근이 가능한 수요일마다 꼬박꼬박 산책을 나온다고 했다.

"수요일은 알리랑 내가 꼭 산책하는 날이에요. 하늘이 두 개가 되어도."

하늘이 두 쪽 나도 지켜야 할 약속이 있는 사람은 어깨가 무거울 것이다. 그러나 알리의 얼굴은 최근 만나온 사람 중 제일 환해 보였다. 여전히 눈가가 발개서 운 흔적이 남아 있지만.

"근데 예전처럼 두 시간 넘게 걷진 못해요."

그치, 행운아, 하고 동의를 구하듯 행운이를 내려다보는 알리의 입술이 새의 부리처럼 튀어나왔다.

"행운이, 할머니거든요."

노령견인 행운이는 관절이 약하며 방광염을 앓았던 전적이 있다고 알리는 말했다. 나는 가만히 그의 높고 곧은 목소리에 귀를 기울였고 그러는 동안 날이 완전히 저물었다. 한국말이 서툴러도 표정 변화가 다채로운 알리와 대화를 나누는 잠깐 사이에 나는 그가 알고 지낸 지 오래된 사람처럼 느껴졌다.

"진구."

"네?"

알리 역시 마찬가지였는지 기대감 어린 얼굴로 손을 내밀었다.

"친하게 지내요."

나이 차이가 얼마 나지 않는 알리는 저를 편히 형이라 부르라고 했고, 평소 친한 형이나 누나가 있었으면 싶었던 나는 조금 머뭇거리다가 알리 형, 하고 부르며 손을 맞잡았다. 형, 하자마자 정말로 형이 생긴 기분이 들어 신기했다.

"동생이 생겼어, 행운아."

알리가 그의 조그만 개에게 보고하는 걸 듣고 엄마가 고개까지 돌리며 웃음을 삼켰다. 엄마는 호형호제하게 된 나와 알리에게 관심 없는 척하며 행운이의 턱을 쓰다듬었고, 나는 그런 엄마를 흘겨보지 않으려고 아랫입술을 깨물어야 했다.

"근데 여기는 무슨 가게예요?"

그때 알리가 문득 복원소 내부를 둘러보며 질문했다. 가죽 원단이 걸린 벽걸이형 선반과 엄마가 한창 작업 중이던 목재 테이블 등을 훑으며 그는 신기하다는 얼굴이었다.

"가죽."

나는 엄마가 말을 잇기를 기다리다가, 대신 입을 열었다. 그는 내 손님이었으니 내가 설명하면 좋겠다는 은근한 시선 때문에 하는 수 없이 수다쟁이를 자처했다.

"가죽으로 된 물건을 고쳐요. 가방이나 지갑 같은 거."

"구두도?"

"음, 구두는 받아본 적 없어요. 좀 다른 분야라서."

이번에는 엄마가 대답했고 알리는 그렇구나, 하면서 고개를 끄덕였다.

"멋진 곳이다."

엄마의 손길이 구석구석 닿은 공간이라는 것을 아는 듯이 알리는 다시 한번 멋지다고 감탄했다.

"자랑해도 돼요."

"고마워요."

알리의 칭찬을 들은 엄마는 뿌듯하게 웃어 보였다. 엄마의 상기된 얼굴에 자꾸 시선이 갔다. 그러고 보니 엄마는 아주 오랜만에 칭찬을 듣게 된 게 아닌가 하는 생각이 들었고, 나는 고개를 끄덕이며 맞아요, 하고 알리의 말에 동조했다.

"엄청 멋진 곳이죠."

그날 이후 알리는 복원소 앞을 지날 때마다 종종 눈인사를 해왔다.

유리창 너머로 날아든 인사에 나도 손을 흔들거나, 고개를 꾸벅이며 아는 체했다. 알리는 가끔 창가에 붙어 행운이를 안아 들어 보이기도 했는데, 그럴 때의 행운이는 어안이 벙벙한 듯하면서도 복원소 안에 서 있는 나를 알아보고 꼬리를 흔들어주었다. 그 모습이 귀여워서 휴대폰을 꺼내 사진을 몇 장 찍기도 했다.

"갔다 와."

그러고 있는 내게 엄마가 넌지시 말했다.

"가서 행운이랑 알리한테 인사하고 와. 잠깐 같이 걷다 오든지."

"그럴까."

조금 어색하긴 한데, 하며 머뭇거리는 내게 엄마는 고갯짓으로 창가를 가리켜 보였다. 알리와 행운이가 어디 가지 않은 채 나를 기다리고 서 있었다.

나는 망설이다가 황급히 카디건을 챙겨 입고 복원소 밖으로 나섰다.

"진구!"

"……형, 안녕하세요."

"같이 걸을래?"

"그래도 돼요?"

헥헥, 이번에는 알리 대신 그의 친절한 개가 바짓가랑이에 매달리며 대답해줬다.

걱정이 무색하게 산책길은 유쾌하기만 했다. 알리와 나는 행운이의 느린 걸음에 맞춰 좁은 보폭으로 여유롭게 걸었다. 걷는 동안 밤이 되었고 우리는 근처에 있는 근린공원까지 갔다가 왔던 길을 되돌아 횡단보도를 건너 언덕을 올랐다. 평소에는 길고 지루한 길이 신기하게도 짧게 느껴졌다.

"진구."

극구 사양했는데도 복원소까지 데려다준 알리가 간판 아래 서서 말했다.

"우리를 친절하게 대해줘서 고마워."

딱히 친절을 베풀지 않은 것 같은데도 대단히 고마워하는 알리 때문에 얼굴이 홧홧거렸다. 이게 다 엄마가 슈가보이 운운한 탓이다. 예상 못 한 상황마다 나답지 않은 선택을 했고, 그 덕분에 온갖 데서 설탕가루를 온몸에 묻히는 기분이었다.

"행운이도 고맙대."

알리가 행운이의 상체를 들어 올리며 고개를 숙여 보였고, 그 순간 뚱해진 녀석의 표정 때문에 알리도 나도 소리 내어 웃고 말았다.

그날 이후 한동안 알리와 행운이가 보이지 않았다. 생활의 형태나 유형은 언제든 바뀔 수 있고, 하물며 고국을 떠나 한국이라는 외국에서 지내는 알리의 일상이란 더더욱 변수가 많을 거라고 생각했으므로 이상하게 여기지는 않았다. 그러나 거의 매주 수요일마다 보았던 개와 개의 주인을 궁금해하는 일은 계속했다.

"요새 알리랑 행운이가 통 안 보이네."

엄마가 지나가는 투로 물었지만, 나 역시 그들을 만나지 못한 지 좀 됐기에 따로 전할 소식이 없었다.

알리가 겁에 질린 얼굴로 복원소로 바람과 함께 들이닥친 날은 수요일이 아니라 금요일 밤이었다.

"진구!"

비명처럼 외친 알리의 품 안에는 행운이가 안겨 있었다.

"도와주세요."

작업대 앞에 나란히 앉아 있던 엄마와 나는 예상 못한 도움 요청에 벌떡 일어났다. 혀를 빼문 행운이가 가쁜 숨을 내쉬고 있었다. 알리의 눈가와 뺨은 이미 눈물로 흠뻑 젖어 있었다.

"진구야. 요 앞 사거리 24시 동물병원으로 가면 되겠다."

지체할 시간이 없으니 택시 타고 가라며 엄마는 지갑에서 얼른 현금과 신용카드를 내밀었다. 방문 예정된 손님이 있었기에 엄마는 병원까지 따라올 수 없었다. 나는 행운이를 안은 알리와 뛰다시피 언덕을 내려갔다. 금요일 밤이라 택시는 금방 잡히지 않았다. 가까스로 잡아 탄 택시 안에서 행운이의 가느다란 숨소리에 귀를 기울였다.

"형."

나는 행운이의 앞발과 알리의 손을 살며시 잡았다.

그러고는 그들과 틈틈이 만나오며 쌓은 정에 호소하며 행운이에게 별일이 없기를 속으로 빌었다. 택시기사가 심상치 않은 분위기를 읽고 라디오를 꺼주었다. 정적이 내려앉은 택시가 빠르게 달렸고 그때만큼은 거리 위를 채우고 있을 소음이 조금도 들리지 않았다.

나는 죽음으로 귀결되는 이별을 겪은 적이 없었다. 그러니 만일 알리가 오늘 생명력을 다한 행운이와 헤어진다면 크게 상심할 것 같았다.

"형, 먼저 가 봐요. 금방 따라갈게."

나는 교통카드가 결제되는 몇 초라도 아끼려고 알리를 먼저 내리게 했다. 행운이를 안고 병원으로 뛰어가는 알리의 뒷모습을 건너보며 택시기사가 말을 붙였다.

"별일 없었으면 좋겠네."

나는 영수증과 교통카드를 받아들며 고개를 숙여 보였다.

"감사합니다."

뒤따라 병원으로 들어서자 진료실 뒤의 수술실로 걸어가고 있는 수의사가 보였다. 나는 알리와 출입구 쪽에 마련된 소파에 앉아 행운이를 기다렸다.

행운이를 기다리는 동안 알리는 울지 않았다. 모든 응급 처치와 진료가 끝난 건 열 시가 조금 넘은 후였고, 위급 상황은 다행히 넘겼지만 며칠 입원하며 경과를 지켜봐야 한다는 진단을 받은 행운이는, 병원 안쪽에 마련된 처치실에 잠들어 있었다.

"다행이에요, 정말."

병원 앞에서 불 켜진 간판을 올려다볼 때에서야 서서히 긴장이 풀려갔다.

"고마워, 진구."

몇 번 입술만 달싹이던 알리가 가라앉은 목소리로 말했다.

"행운이……."

그러고는 발길이 떨어지지 않는 모양인지 연신 돌아보며 개의 이름을 부른다. 그의 곁에서 나도 행운이, 하고 기도하듯 이름을 불러보았다. 우리는 조금 걷다가 행운이가 눈에 밟혀서 다시 멈춰 섰다. 걷다가 멈추고, 다시 몇 걸음 가다가 멈추길 반복하며 동시에 행운이……, 하고 중얼거렸다.

멀리서 빛나는 동물병원 간판을 보던 알리는 내게 밥을 사주겠다고 했고 나는 한사코 거절했지만, '밥을 사주게 해줘, 진구…….' 하며 울먹이는 바람에 어쩔 수 없이 분식집으로 향했다. 오늘 밤 알리를 더 울릴 수는 없었다. 잠시 후 라볶이와 참치김밥 두 줄을 앞에 두고서는 먹을 엄두를 못 낸 채 접시 위로 피어오르는 김만 멀거니 바라보았다.

"진구, 고마워."

알리가 침묵을 깨고 다시 고개를 숙여 보였고, 나는 젓가락

을 집었다가 내려놓으며 행운이가 금방 나았으면 좋겠다고
말했다.

"응, 나도."

"괜찮을 거예요, 행운이."

"응."

"씩씩한 개잖아요."

"씩씩?"

"어, 그러니까……."

나는 마땅히 쉬운 말을 찾지 못하다가 뜬금없이 오른쪽 팔
을 위로 세웠다.

"힘이 센 개잖아요."

억지로 힘을 줘서 힘줄이며 근육 따위를 모았으나, 알통이
라고 부를 만한 것은 아주 조금만 잡힐 뿐이었다.

"맞아, 씩씩한 개지."

잠깐이나마 이를 드러내며 웃은 알리가 젖은 눈가를 휴지
로 가리며 그의 모국어로 어떤 말을 중얼거렸는데, 그 말이
무슨 뜻인지 몰라도 눈물이 고이는 바람에 허벅지를 꼬집어
야 했다. 씩씩하고 작은 개와 그의 주인은 오늘 무척 기나긴
밤을 보낼 터였다.

알리와 헤어지고 밤늦게 집으로 돌아온 내게 엄마는 말없
이 캐모마일 티 한 잔을 내밀었다.

"고생했어."

"고생은 무슨."

나는 소파에 앉아 평소에는 마시지도 않을 따뜻한 차를 홀짝였다. 긴장해서 이를 악물고 있었던 건지 뒤늦게 턱이 아파왔다.

오염되거나 해진 가죽제품은 어떻게든 고쳐 쓸 수 있다. 복원 불가능한 물건은 아직 만나본 적 없다. 어디선가 잃어버리지 않는 이상 한번 들인 물건은 오래 쓰는 성격이고, 복원소를 드나드는 손님들이 맡기는 물건은 모두 처음처럼 수선해 사용기간을 늘리고자 했다.

그런데 사람이나 동물처럼 반드시 이별이 예정된 경우에는 가만히 손 놓고 있어야만 하는 걸까. 버려야 하는 관계와 버릴 수밖에 없는 관계. 처음의 상태로 되돌아갈 수 없는 상태가 어째서 이렇게 많은 거지. 여러 말 중에서 '복원'과 가장 가까이 사는데도 왜 이렇게 도처에 헤어짐이 널려 있는 건지 모르겠다.

나는 복잡한 얼굴로 엄마를 바라보았다. 엄마는 이 모든 과정을 반복해오면서 나이를 먹고 나를 낳아서 살고 있다. 그러는 동안 엄마 또한 크고 작은 이별을 겪었겠으며…….

"괜찮아?"

겪어보지 않은 이별의 종류는 여전히 많을 것이다. 엄마가 조용히 물었고 나는 괜찮지 않은데도 고개를 끄덕였다.

"괜찮아."

몇 주 후 복원소에 알리가 찾아왔다. 수요일 아닌 토요일이었고 이번에도 그는 혼자였다.

"진구."

문가에 선 알리가 손을 흔들며 웃었다. 운동복 상하의를 갖춰 입은 그는 조금 여위어 보였다.

"형."

나는 혼자 온 그에게 그 무엇도 묻지 않고 평소처럼 인사했다. 알리가 손에 쥔 뭔가를 흔들며 다가왔다.

"이걸 맡기러 왔어."

나는 그가 내민 가죽 목걸이를 묵묵히 받아들었다. 지금 여기에 목걸이의 주인은 없다. 그런데도 주인의 모습이 눈에 선했기에 바로 말을 이을 수 없었다. 눈물이 많은 알리는 오늘도 울지 않았다.

"형."

"응, 진구."

"목걸이 엄청 예쁘네요."

"그렇지."

알리가 뿌듯한 얼굴로 웃었다.

"내가 골라준 거야."

"행운이가 엄청 마음에 들어 했겠어요."

"응, 꼬리를 막 흔들었지. 처음 목에 걸어줬을 때."

"행운이는 씩씩한 개예요."

"응."

"형도 씩씩한 사람이고요."

눈을 크게 동그랗게 뜬 알리가 고개를 끄덕이며 응응, 하고 두 번 말했다.

알리가 돌아가고 나서 엄마도 나도 섣불리 입을 열지 않았다. 엄마는 손님의 문의 전화에 응대하느라 몇 분 더 휴대폰을 붙잡고 있었고, 나는 나대로 작업을 마친 가죽상품을 포장지에 넣고 개별로 상자에 담아 정리하는 데 열중했다.

"엄마, 내가 맡아도 돼?"

한참 지나서야 뜬금없이 부탁하는 나를 엄마는 물끄러미 바라보았다.

"네가 할 거 아니었어? 그렇게 해."

나는 엄마가 정리하는 주문서가 아닌 별도로 마련한 나만의 수첩을 펼쳤다. 내가 맡는 의뢰 품목을 정리하고자 편집숍에서 큰맘 먹고 산 손바닥 크기의 작은 수첩이었다. 손님의 성명과 연락처, 의뢰 품목, 예상되는 수선 기한 등을 구분해 놓은 빈칸을 노려보던 나는 볼펜 뚜껑을 열고 한 자 한 자 적기 시작했다.

알리&행운이.

두 개의 이름을 적는 동안 한 번도 행운이가 짖는 소리를 들어본 적이 없었다는 걸 깨달았다. 씩씩하고 순하며 걸음이 느린 개. 어릴 적엔 아마도 우렁차게 짖었을 것이다. 말이 많은 개였을지도 모른다. 개를 기르지 않는 내가, 개와 함께 사는 사람을 만나 산책했었다는 사실이 이전의 다른 시간들과 또렷이 구별되었다.

"뭘 하면 되는지 알지?"

엄마가 넌지시 물었다. 나는 알리가 맡기고 간 가죽 목걸이를 오래 바라보다가 견적을 냈다.

"세척 후에 염색. 방울이랑 금속 부분은 따로 해체해서 닦는 게 좋겠어."

"그래."

엄마가 고개를 끄덕였다.

"언제부터 시작할 거야? 오늘은 시간이 좀 늦었는데."

"내일."

탁상달력을 확인한 나는 수첩에 별을 다섯 개 그려 넣으며 대답했다.

"내일 바로 시작할 거야."

내 몫으로 주어진 일을 잘 해내고 싶다는 마음은 울고 싶은 마음과 닮았다. 자신감이 있든 없든 가죽과 관련된 일이라면 이제 나는 속으로 우는 사람이 됐다. 엄마는 모르겠지만 겉으로 드러나지 않는 울보가 된 기분이었고, 그건 색상으로 치자면 어두운 회색 같은 캄캄한 빛깔이 아니라 강렬한 붉은색과 닮았다. 잘 우는 사람과 그의 무덤덤한 개를 생각해서인지 짙은 파랑인 것 같기도 하다.

다음날 알람이 울리기도 전에 일어난 나는 비장한 얼굴로 세수를 했다. 잘하고 싶은 일이 생기면 어쩐지 목욕재계하고 싶어진다. 평소보다 꼼꼼히 씻고 엄마에게 생일선물로 받은 바디로션을 공들여 발랐다. 가죽 복원 작업과 아주 상관없는 일이지만 일 년에 한 번 바를까 말까 하는 립밤까지 바르고 외출했다. 입술이 너무 미끌미끌하네, 중얼거리며 엄마보다 한 시간 일찍 복원소로 향하는데, 익숙한 목소리가 인사를 건네왔다.

"이제 와요?"

꽃집 할머니였다.

"안녕하세요."

"잠깐 이리 와봐요."

할머니가 손짓했다.

"자, 선물."

하면서 할머니가 내민 것은 백합 한 송이었다.

주춤거리며 받을 생각을 못 하고 있었더니, 살며시 내 손을 당겨 꽃을 쥐어주었다. 누군가에게 꽃 선물을 받은 건 입학식과 졸업식뿐이라 기분이 묘했다. 나는 백합을 내려다보며 어색하게 웃었다.

"감사합니다."

"다음엔 장미를 줄게."

나는 그럴싸한 인사말을 떠올리지 못하고 백합꽃 가까이 고개만 숙여 향을 맡았다. 향기를 몇 번 더 들이키면서 멍하니 다음에도 꽃을 받겠구나, 생각했다. 기념일이 아닌 날에도 꽃을 받는 사람이 되다니. 과연 복원소에 드나들며 별의별 일을 다 겪는구나 싶었다. 그러다가 문득 이 꽃이 나를 위한 것이 아닌 어느 작은 개를 위한 선물이 될 수도 있겠다는 생각이 들었다. 의도하진 않았지만 세상이 조의를 표한 것만 같다.

복원소에 들어서자 간밤에 내려앉았던 공기가 훅 끼쳐왔다.

백합을 작업대 위에 조심히 내려두고 먼저 심호흡을 했다. 꽃을 받은 덕분에 속으로 우는 일을 그칠 수 있었다.

눈을 오래 감았다 뜨며 여태껏 해온 복원 과정을 머릿속으로 정리했다. 평소에는 매지 않는 앞치마를 매고, 서랍에 넣어둔 행운이의 가죽 목걸이를 꺼내 펼쳤다.

면장갑을 끼고 난 후에는 행운이의 숨소리를 떠올렸다. 행운이의 이름이 새겨진 둥근 금속에 세척액을 뿌려 공들여 닦으면서 긴 숨을 들이마시고, 마른 천으로 그것을 천천히 문질러 닦아낼 때 다시 긴 숨을 내뱉었다. 알코올 향 섞인 독한 냄새가 코끝을 파고들었다.

조금 지나서 창밖을 보자 자전거를 타고 지나가는 여자와 서행하는 노란색 봉고차, 유아차를 끌고 가는 젊은 남자가 보였다. 행운이와 산책하는 알리는 없었지만 복원소 앞 골목은 오늘도 한결같이 이런저런 높고 낮은 소리들로 가득 차 있다. 나는 처음으로 둘의 산책을 목격했던 날을 떠올렸다. 그리고 그들만의 느긋한 걸음을 떠올리며 세척액을 내려놓았다.

가죽에는 가죽의 시간이 흐른다. 이제는 그것을 확실히 느낄 수 있다. 가죽을 만질 때의 시간은 그렇지 않을 때와 다르게 흐른다. 수선해야 할 가죽을 손에 들고 있으면 매분 매초 시간의 흐름이 뒤바뀐다. 어쩌면 양방향으로 흐르는 시간을 또렷하게 체감하자, 서서히 손에 힘이 들어간다.

노화 탓에 탁해졌지만 그 어떤 눈보다 말갰던 눈동자. 바닥을 쓸며 흔들리던 꼬리. 혀를 빼문 채 가쁜 숨소리를 내던 개. 그 개의 이름을 부르는 알리의 목소리. 개에게 울거나 웃으며 말을 걸었던 행복에 겨운 얼굴. 그런 알리를 차분한 눈빛으로 올려다보던 개를 생각하며 정성스럽게 손을 움직였다.

일주일 후 알리가 목걸이를 찾으러 왔다.

일이 늦게 끝나 한 차례 방문을 연기해야 했던 알리는 마지막으로 만났을 때보다 표정이 한결 가벼워 보였다. 나도 모르게 그의 눈이 부었나 안 부었나 주의 깊게 보았지만, 다행히 알리는 울지 않은 것 같았다.

작업대를 사이에 두고 알리를 올려다보던 나는 괜히 헛기침을 하며 목을 가다듬었다.

"여기요."

떨리는 손으로 가죽 목걸이를 내밀자, 알리의 입술이 동그랗게 벌어졌다.

한참 목걸이의 상태를 확인하던 알리가 작은 목소리로 좋아요, 하고 말했다.

"좋아."

다시 한번 좋다고 다짐처럼 말한 알리가 환하게 웃었다.

"형, 같이 걸을래요?"

그가 목걸이를 찾으러 들르면 잠깐이나마 같이 걸어야겠다고 마음먹고 있던 참이었다.

"마침 도서관에 가야 해서요."

"응, 그러자."

흔쾌히 고개를 끄덕인 알리가 먼저 복원소를 나섰다.

내가 나오기를 기다리며 문을 잡고 서 있는 알리의 옆얼굴에 노을빛이 닿았다. 우리는 꽤 오랫동안 말없이 걸었고, 그

침묵이 불편하기는커녕 조금 반가웠다. 나누는 말은 없어도 많은 것을 나누는 듯할 때가 간혹 있었는데, 바로 지금 이 순간이 그랬다.

"진구."

나란히 서서 걷던 알리가 한참 만에 입을 열었다.

"행복해?"

갑작스러운 알리의 물음에 나는 바로 대답하지 못했다.

"그런 것 같기도 하고, 아닌 것 같기도 하고 그래요."

머리를 긁적이며 솔직하게 말했다.

"나도."

알리가 아이처럼 웃으며 동의했다.

"진구, 나는 눈물이 많아. 근데 우는 내가 부끄럽지 않아. 행운이랑 지내면서 운 시간을 모두 좋아해."

행운이 없이 하는 산책은 생각보다 편안했고 의외로 허전하지 않았다. 여기 없어도 녀석이 같이 걷는 기분이다. 나는 행운이의 빈자리를, 발치에서 꼬리를 흔들며 느릿느릿 걸어왔을 행운이를 생각했다.

행운이가 지금 이 자리에 있다면 우리는 아마 다섯 배는 더 느린 속도로 걸었을 것이다. 천천히 걷느라 어쩌면 도서관에 제때 도착하지도 못하고 왔던 길을 되돌아왔겠다는 생각이 들었고 그러자 웃음이 나왔다. 같은 마음이었는지 알리도 발치를 내려다보며 웃고 있었다.

"진짜 괜찮아요?"

이번에는 내가 물었다.

"괜찮아."

알리가 자신 있게 대답했다.

"나는 힘이 세니까. 진구도 힘이 세지?"

"네, 뭐……."

눈이 마주치자 기다렸다는 듯 웃음이 터진다. 괜찮지 않으면서 괜찮다고 말해야 하는 순간이 있다는 것을 안다. 하지만 지금 당장은 괜찮지 않더라도 머잖아 괜찮아지리란 사실도 알고 있다.

"진구."

알리가 가죽 목걸이가 든 조그만 종이상자를 다른 손으로 바꿔 들며 말했다. 신기하다는 듯 상자를 바라보던 알리가 별안간 힘주어 외쳤다.

"정말 대단해."

"네?"

"계속 이걸 하는 어른이 될 거야?"

알리의 물음에 나는 조금 머뭇거렸다.

간단히 그려온 미래를, 엄마나 친구 상준이 아닌 다른 누구에게도 공유하지 않은 계획을 대뜸 내뱉자니 멋쩍은 기분이 들었다. 왜 복원소에 찾아오는 사람들은 전부 허를 찌르듯 내 속을 휘젓는 걸까. 단단하기가 큰 자갈돌이나 마찬가지인 나를 어째서.

"그러고 싶어요."

"그렇구나."

"잘하고 싶고요."

내 고백을 들은 알리가 피식 웃었다.

"이미 잘하는 것 같은데."

"진짜요?"

"웅! 난 거짓말 안 해, 진구."

그렇게 말한 알리는 앞으로도 종종 복원소 앞을 지날 테니 인사하자고 말했다.

"수요일 저녁마다 손을 흔들게."

그 말을 듣자마자 안심이 됐다. 복원된 건 가죽 목걸이뿐인데 알리의 삶이 흔들리거나 무너지지 않을 거라는 말로 들렸다.

"나도 그럴게요."

"좋았어! 나 모른 척하면 안 돼."

"당연하죠."

잘 울고 잘 웃는 알리는 오늘도 구태여 복원소까지 데려다주겠다며 왔던 길을 같이 되돌아왔다.

"잘 가요, 형."

"잘 있어, 진구."

커다란 손을 번쩍 흔들며 알리가 돌아섰다. 행운이와 함께 걷던 길을 알리는 이제 혼자 걸어간다.

그의 작은 개와 걷던 이 길을 알리가 아무렇지 않게 혼자 걸을 수 있기를. 행운이에게 기대지 않아도 평온히 흘러가기를 바랐다. 그날들이 오긴 올 텐데 빠른 시일 안에 왔으면 좋겠다고 바라며 뒤로 한 발짝 물러섰다.

행운이는 그곳에서 잘 지낼 거예요.

미처 전하지 못한 인사를 입안에서 가만히 굴려보았다.

알리의 뒷모습을 오래 바라보며 캔버스화 앞코로 바닥을 툭툭 찼다. 가로등 아래와 보도 한편에 핀 잡풀에 흥미를 보이며 몇 번이고 멈춰 서던 작은 개가 떠오른다. 아무것도 쥐지 않은 오른손을 쥐었다 펴자, 갈색 가죽 목걸이의 질감과, 그것이 살아생전 맞닿았을 부드러운 털의 감촉이 느껴지는 것만 같다.

5

가방에 담을 수 있는 것

축하해야 할 일이 없는데도 꽃을 선물 받는 날이 늘었다. 그 무엇도 기념할 게 없는 평범한 날에 꽃 선물을 받는 사람이 세상에 몇이나 될까.

복원소에 작업하러 올 때면 거의 매일 장미와 안개꽃처럼 친근한 꽃부터 라넌큘러스와 거베라 같은 낯선 이름을 가진 꽃을 한 송이 이상 손에 쥐게 됐는데, 재미나 멋없는 일상이 갑자기 향기로워진 이유는 단순하다. 무료한 얼굴로 상가 앞을 지나가는 나를 '학생, 꽃 줄게.' 하면서 불러 세우는 꽃집 사장님 덕분이다.

"학생!"

내 이름을 바로 외우지 못한 꽃집 할머니는 학생, 하면서 나를 부르곤 했다. 복원소로 향하든 복원소를 나와 집으로 가는 길이든 나를 먼저 발견한 할머니가 반가운 목소리로 부를 때면 언제나 꽃을 선물 받았다. 낮 동안 꽃집 앞에 내놓았던 화분을 다시 들여놓으며 할머니는 자주 먼 발치를 응시했다. 누군가를 꼭 기다리는 것처럼. 그러다가 나와 눈이 마주치면 허둥지둥 가게 안으로 들어갔다가 내게 줄 만한 꽃 한 송이를 들고 나왔고, 그럴 때마다 나는 꽃 한 송이를 쥐게 될 손을 그러모았다 펴며 할머니에게 다가가는 것이다.

"안녕하세요."

그러나 매번 꽃을 받는 건 쑥스러운 일이어서 나도 모르게 쭈뼛거리게 된다.

"이리 와봐요. 잠깐만!"

손자에게 사탕을 쥐어주듯 오늘도 꽃을 주는 할머니는 소리 없이 가볍게 웃는다. 웃을 때면 눈동자가 거의 보이지 않을 만큼 눈웃음을 짓는 할머니는 그늘진 데 없이 밝은 사람 같다. 누군가 본다면 내가 꽃을 선물받는 게 아니라 오히려 할머니가 받는 거 아닌가 싶을 만큼 환한 미소를 보며 나는 고개를 꾸벅 숙여 인사했다.

"감사합니다."

"이 정도로 뭘."

오늘의 꽃은 연분홍색 장미 한 송이다. 비닐 포장지 대신 광고지 몇 장을 접어 줄기를 감싼 덕에 장미 가시에 찔릴 위험은 없었다.

"내가 괜히 귀찮게 하는 건 아니지?"

꽃집 할머니가 조금은 걱정스럽다는 얼굴로 말했다.

"아뇨!"

나는 꽃을 든 손을 휙휙 내저었다.

"감사한데 제가 맨날 받기만 해서……."

말끝을 흐리자, 할머니가 그게 무슨 말이냐며 덩달아 놀란 표정을 지었다.

"나야 가까이에 꽃이 많으니까. 받아줘서 고맙지. 학생 볼 때마다 내 손녀가 생각나."

손녀가 있으시구나. 나는 장미에 코를 가까이 대고 향을 들이마시다가 문득 고개를 들었다.

"혹시, 무슨 꽃 제일 좋아하세요?"

언젠가 할머니에게 꽃 선물을 하게 된다면 미리 취향을 알아둘 필요가 있었다. 매일 꽃을 보고 만지는 사람에게 꽃 선물이 적절한가 싶지만 꽃 주는 일을 기쁨으로 여기는 할머니에게 나 또한 꽃을 선물하고 싶다는 생각이 들었다. 그러나 조금 바보 같은 질문을 한 걸지도 모른다. 꽃을 좋아해서 꽃을 파는 사람에게 어떤 꽃을 가장 좋아하냐니.

어머나, 하고 웃은 할머니는 고심 끝에 입을 열었다.

"지금은 라일락이네. 날마다 좋아하는 꽃이 바뀌어. 아니면 계절마다."

라일락. 향기로워서 좋아하는 봄꽃이었다. 나는 할머니의 말에 수긍하며 고개를 끄덕였다.

"학생 이름이……."

두 눈을 가느스름히 뜬 할머니가 이름을 기억해내려는 눈치여서 나는 얼른 나서서 말을 거들었다.

"진구요. 차진구."

"맞아. 자꾸 잊어서 미안해요."

"괜찮아요."

"진구 학생은 무슨 꽃을 제일 좋아하는데?"

"아. 저는……."

얼떨결에 같은 질문을 받게 된 나는 조금 당황하고 말았다. 가장 무난한 장미를 꼽자니 솔직한 대답이 아닌 것 같아 망설여졌고, 여러 꽃 중에서 떠올리자니 바로 생각나지 않았다.

"좋아한다기보단 편한 꽃이 있긴 해요."

그 표현이 적당한지 모르겠지만 나도 모르게 말이 길어졌다.

"부담스럽지 않다고 해야 하나."

"그래요? 무슨 꽃인데?"

"민들레요. 어릴 때부터 자주 보던 꽃이라서요. 요즘도 어디서든 쉽게 볼 수 있고요."

"아아, 민들레."

할머니가 박수를 치며 좋아했다.

"나도 좋아해. 보도블록에 민들레 피어 있는 걸 보면 오 분 넘게 구경하고 가는 것 같아."

우리 공통점이 있네. 덧붙이며 웃는 할머니의 얼굴이 화사했다.

"민들레만큼 제비꽃도 좋지."

"맞아요."

나는 보랏빛 꽃을 떠올리며 고개를 끄덕였다.

그 말을 들으니 할머니가 담벼락 앞에서 걸음을 멈추고 허리를 숙이는 모습이 그려졌다. 화단에 핀 민들레도 좋지만, 나 역시 둔탁한 보도블록 사이로 핀 민들레며 제비꽃을 좋아한다. 그 좁은 틈으로 어떻게든 뿌리를 내리고 줄기를 내어 자란 꽃이 늘 신기했다.

"엄마 가게 일 돕는 거지?"

"네, 매일은 아니에요."

"기특하네. 엄마가 든든하시겠어."

"아직 그 정돈 아니고요."

머쓱하게 웃은 나는 꽃을 빙글빙글 돌리며 시선을 내리깔았다. 때마침 꽃집 앞을 서성이는 손님이 없었다면 그대로 얼굴이 붉어졌을지도 모른다.

"그럼 들어가요."

할머니가 손님을 맞이하러 돌아섰고 나는 한자리에 가만히 서 있다가 다시 장미의 향기를 맡았다.

꽃이 흔한 세상인데도 잎이며 가시를 보기 좋게 손질한 장미를 선물 받는 건 역시 신기하고도 얼떨떨한 일이다. 복원소로 향하는 몇 걸음 사이에 마주 걸어오던 이들의 눈길이 꽃을 쥔 손에 머물렀다. 방금 장미를 선물 받았거나, 누군가에게 장미를 주려고 들고 가는 듯한 모습을 흐뭇하게 봤고, 그 시선에 어쩔 수 없이 귓불이 달아오른다.

서둘러 복원소로 들어서자, 출입구에 일렬로 세워둔 택배 상자를 옮기던 엄마가 키득거렸다.

"또 꽃을 받아왔군?"

"할머니가 주셨어."

목장갑을 벗은 엄마가 창밖 너머를 바라보았다.

"맨날 받기만 해서 어쩌지. 얼마 전엔 나도 화분 받았는데."

"화분?"

"별거 아니라면서 챙겨주셨는데, 엄청 별거다. 난초야."

집에서 다육 식물을 공들여 키우며, 조그만 화단을 가꾼다는 사실을 알게 된 이후부터 꽃집 할머니의 선물 공세는 엄마에게까지 이어지는 모양이었다.

"내일 떡 좀 갖다드려야겠다."

엄마가 단호한 얼굴로 말했다.

"우리도 뭔가 챙겨드려야지. 이거 원."

"웬 떡?"

"이모가 쑥 보내준 거 떡집에 보내놨거든. 인절미."

잊지 않고 쑥 인절미와 콩고물을 챙겨 나와야겠다는 엄마의 혼잣말을 들으며 나는 머그컵에 물을 따랐다. 그 안에 장미를 꽂고는 물끄러미 잎이며 줄기를 바라보았다. 머잖아 완전히 시들겠지만 지금 당장의 일은 아니다. 나는 장미를 오래보며 엄마 몰래 조용히 기뻐했다.

"차진구."

다음 날 선물 증정의 날이 밝았고 엄마는 작업대 한편에 올려뒀던 종이봉투를 내밀었다.

"우리의 아낌없이 주는 이웃에게 드리고 와."

"알았어."

"혹시라도 안 받겠다고 하시면, 엄마가 부탁한 거라고 말씀드리고."

"오케이."

떡을 받아든 나도 진지한 얼굴로 고개를 끄덕였다.

엄마가 준비한 떡과 전날에 미리 사둔 양갱을 들고 꽃집으로 향했다. 둘 다 꼭 드시게 하리라. 꽃을 좋아해서 꽃처럼 사는 할머니의 손에 반드시 간식거리를 쥐어드리고 나오리라. 안 받으시면 꽃집 한가운데 있는 원목 의자에 두고 복원소로 뛰어올 것이다.

그러나 처음의 다짐은 흐지부지되어 갔다. 평소와 다른 듯한 분위기에 어, 하며 걸음을 서둘렀다. 매일 꽃집 바깥까지 울려 퍼지던 라디오 소리가 들리지 않았다. 오늘은 라디오를 듣지 않으시는 모양이라고 여길 수도 있지만, 출입구 쪽에 놔둔 화분이 발길질에 떠밀리기라도 했는지 넘어져 있는 걸 보자 걱정부터 들었다.

"할머니, 참 뻔뻔하다."

누군가의 비아냥거리는 목소리를 듣자마자 확신했다. 꽃집 할머니에게 무슨 일이 생겼다는 것을.

나는 꽃집이 있는 건물 외벽에 붙어 섰다. 언뜻 보니 할머니 앞에 웬 여학생이 대치하듯 서 있었다. 낯선 교복을 입고 있는 걸 보니 이 동네 학교 학생이 아닌 것 같았다.

"할아버지랑 이혼해서 가족들 놀라게 하더니, 겨우 꽃집 차리려고 그 난리 피운 거였어?"

"수연아."

"할머니 때문에 할아버지 입원 중이야. 몰랐지?"

사납게 쏘아붙이던 여학생의 목소리가 점점 커졌다.

"할머니 되게 이기적이야. 알아요?"

"수연아."

"이거 놔요."

복원소로 돌아가야 하나. 아니면 꽃집에 손님인 척 들어가 분위기를 환기시키는 게 좋을까. 갈팡질팡하는 사이 여학생이 뛰쳐나왔다.

"나도 이제 몰라. 어른들이 알아서 얘기하고 잘 지내요."

소리치며 돌아보는 여자애와 눈이 마주치고 말았다. 일부러 엿들으려고 한 게 아니라고 변명하고 싶은 마음이 굴뚝같았으나, 일면식 없는 여자애는 곧 바람을 일으키며 멀어졌다. 꽃집 안에서는 어떠한 소리도 들리지 않았다.

"할머니."

꽃집으로 들어서자, 의자에 앉아 있던 할머니가 고개를 들었다.

"아, 진구 학생 왔구나."

할머니가 벌떡 일어나 두리번거렸다.

"오늘은 뭘 주면 좋을까."

조금 전의 설전으로, 어쩌면 일방적인 비난에 시달려 멍해 보이는 할머니에게 다가가 종이봉투를 내밀었다. 이게 뭐냐고 묻듯이 바라보는 눈길을 내려다보며 '떡이랑 양갱이에요.' 하고 조용히 말했다.

"엄마가 주신 거예요. 이거 양갱은 제가 산 건데 입맛에 맞으실지……."

나는 할머니가 에이, 하면서 도로 건네려는 몸짓에 한 발 물러서며 어색하게 웃어 보였다.

"맨날 받기만 했잖아요. 저도 엄마도."

"너무 큰 선물인데."

"아니에요. 오늘 꼭 드셔주세요."

느린 뒷걸음질로 꽃집을 나서며 할머니에게 고개를 숙였다. 그리고 있는 힘을 다해 조금 전 할머니에게 무슨 일이 생겼다는 사실을 모르는 척했다. 함부로 관여해서는 안 된다는 것쯤은 알고 있다. 그러나 귓속을 파고든 말의 조합이 낯익어서 은연중에 가슴이 불안하게 뛰어댔다.

할아버지랑 이혼. 입원. 손녀. 화해. 그 말들이 내 안에 폭격이라도 퍼부은 듯해서 심장이 평소보다 쿵쾅거리는 것 같다. 할머니가 이 동네로 이사 오며 처음으로 꽃집을 차리게 된 건 엄마에게 들어 아는 사실이었다. 누구에게나 말 못 할 사정이 있고 그것을 원치 않은 타이밍에 들키는 건 상상 이상으로 어색하고 난처한 일일 터다.

이혼.

대강 실로 엮어 연결하듯 할머니의 과거를 잇다 보니 나도 익히 아는 종류의 일이 나왔다. 할머니도 엄마처럼 한때 사랑했던 누군가와 혼인관계를 끝낸 모양이다. 그것이 그들 가족 사이에서 대단한 사건이 되어 아직까지 여파가 큰 듯한데, 나는 앞으로 꽃집 앞을 지날 때마다 할머니를 필요 이상으로 신경 쓰게 되리란 것을 예감했다. 할머니 안에 어떤 응달이 있고 그것을 조금쯤 들여다보게 된 바람에 할머니의 안부를 살피겠구나, 그런 생각을 하며 복원소로 걸어갔다.

"드리고 왔어?"

문 열리는 소리에 잠시 고개를 든 엄마가 다시 작업에 집중하며 물었다.

"응."

"다행이다."

벽걸이형 선반에 꽂아둔 유약을 정리하면서도 한동안 정신이 딴 데 팔려 있었다. 할머니에게 괜찮으시냐고 물었어야 했나. 조금 전 손녀가 하는 말을 얼핏 듣고 말았는데, 괜찮냐고 어떻게든 틈을 비집고 들어섰어야 했을까. 그러나 생각을 거듭할수록 나서지 않은 게 잘한 일이라는 생각이 들었다.

선을 넘지 말자. 먼저 도움을 청하는 게 아니라면. 설탕가루를 뒤집어쓴 것처럼 다정하기만한 사람이 되는 것을 목적으로 두지 말자. 나를 너무 잃지 않으며 내가 가진 역량 내에서 약간만 친절하게 살자. 때아닌 다짐을 하며 한숨을 내쉬었다. 나중에라도 할머니가 오늘 일을 화제에 올리며 대화를 청하거든 기꺼이 말동무를 할 마음은 있다. 누구에게든 털어놓아야 하는 비밀도 있는 법이니까. 그게 단지 가까운 상점들에서 마주치는 이웃에 불과할지라도. 그렇게 생각을 정리하는 동안 꽃집 할머니에 대한 염려와 관심이 하나로 모아졌다.

그날 이후 할머니는 보이지 않았다. 꽃집 밖으로 바람을 타고 흘러나오던 라디오 소리 역시 들리지 않고 고요하기만 했다. 어디 편찮으신 걸까. 몸 아니면 마음이, 그도 아니라면 누군가와 담판을 짓지 않은 사정을 이번에야말로 마무리 지으려고 그저 자리를 비운 것뿐일까.

중간고사와 과제를 준비하면서도 할머니에 대한 생각을 멈출 수 없었다.

나는 문 닫힌 꽃집 앞을 서성였다. 꽃을 주는 할머니가 보이지 않는다는 이유만으로 모기라도 물린 듯 불편해졌다. 이틀 연속으로 불이 꺼져 있는 꽃집을 보다가 돌아서려던 나는 코앞에 다가와 있는 갈색 머리카락을 보고 꼴사납게 비명을 지르고 말았다.

"나 알죠?"

한쪽 눈썹을 비딱하게 세운 여자애가 나를 올려다보고 있었다.

"네?"

"나 알잖아요. 그때 마주쳤었잖아."

며칠 전 꽃집 할머니에게 찾아와 다그치던 손녀였다. 오늘은 교복 차림이 아니네. 그런 생각을 하며 나도 모르게 멍하니 고개를 끄덕였다.

"여기, 할머니 오늘 문 안 열었어요?"

그걸 왜 나한테 묻지?

의아하긴 하나, 한편으로는 모르는 여자에게 날을 세울 필요가 없었으므로 네, 하고 대답했다.

"갑자기 이런 질문해서 죄송한데."

정말 죄송하면 곤란할 질문 같은 거 하지 말라고 속으로 빌어봤으나 소용없었다.

"할머니랑 친해요?"

"네……니요?"

친한가. 친하지 않은가.

생각해보면 제법 살가운 사이가 된 것 같은데, 남한테 대놓고 친분을 내세울 만큼 가깝다고 봐도 될지 확신이 서지 않았다. 긴가민가한 얼굴로 애매하게 대답하자, 여자애가 눈썹을 더욱 험악하게 찌푸렸다.

"무슨 말이에요?"

눈썹 하나만으로 인상이 좌지우지되는 학생이었고, 나는 엄마 이외의 여자에게 오랜만에 압도되는 기분을 느꼈다.

"친하단 거야, 안 친하단 거야?"

"친하다고……요. 바로 옆 상점에 엄마가 일하셔서 자주 보는 사이고."

반말과 존댓말의 경계에서 잠시 머뭇거렸다. 또래 여자애를 대하는 것과 비슷하면서도 다른 급의 곤란함을 느꼈다. 한 가지 다행인 점은 꽃집 할머니의 손녀가 울지 않는다는 것. 그것만으로도 일단 크게 안도했다.

긴 한숨을 내쉰 여자애가 문득 무릎을 짚고 앉았다. 다리에 힘이라도 풀린 건가 싶어 놀란 나는 허리를 숙이며 여자애와 눈높이를 맞췄다.

"괜찮아요?"

"괜찮아요."

여자애가 귀찮다는 듯 손을 휘휘 내저었다.

"근데, 우리 할머니랑 어떻게 친해진 거예요? 좀 낯가리는 타입이신데."

"아……."

나는 옆으로 한 발 물러나서 털썩 앉았다.

"할머니가 꽃을 주셔서. 오다가다 얘기하면서 친해졌는데……요."

"할머니 짜증 나."

여자애가 별안간 이맛살을 찡그리며 분통을 터뜨렸다.

"꽃은 평생 나만 주고 싶다더니. 아무한테나 뿌리고 있었잖아."

나는 다급히 두 손을 저었다.

"아, 꽃을 막 뿌리시진 않고 그냥 가끔 마주치면 한 송이씩 주신 건데."

할머니를 대변이라도 하듯 말하는데, 여자애가 단호하게 말을 끊었다.

"그게 뿌린 거죠. 어이없어, 할머니."

가슴속에 활화산이라도 들어앉은 것처럼 씩씩거리던 여자애가 미간을 찌푸리며 물었다.

"근데 몇 살이에요?"

"……스무 살이요."

"동갑이네. 나 원래 빠른인데 말 놔도 돼요?"

시원하게 벽을 허무는 여자애를 보며 나는 멋쩍게 목덜미를 쓸어내렸다.

"그래."

말은 그렇게 했지만 모르는 여자애와 말을 놓고 지내서 뭐 하나 싶었다.

"우리 할머니, 정 많고 착한 사람이니 잘 해줘."

바로 얼마 전에 뻔뻔하다느니 이기적이라느니 하며 할머니를 쏘아붙이던 모습을 생생히 기억하고 있는데, 여자애가 가라앉은 목소리로 부탁했다.

"잘 모르겠지만 마음은 여린 분이야."

여린 사람한테 그렇게 노발대발한 건가? 당황스러웠지만
오히려 가족이어서 분별없이 화를 내는 순간이 있다는 것을
알기에 쓸데없는 말을 꺼내지 않았다. 나 또한 엄마나 아빠에
게 기분 내키는 대로 화를 낸 적이 있었으므로.

나는 울지 않고 화를 내는 여자애에게 무슨 말을 더 하면
좋을지 고민하다가, 문득 얼마 전에 들은 할머니의 취향을 공
유했다.

"할머니, 라일락을 좋아하신대."

뜬금없는 내 말에 여자애는 눈썹을 들며, 무슨 소리냐는 듯
바라보았다.

"알아두면 좋을 것 같아서."

"라일락이라도 선물하라고?"

"혹시 화해하고 싶은 마음이 들면."

주제넘는 말이라는 것을 안다. 누군가 울 경우를 대비하여
요즘에는 항상 주머니에 손수건을 챙겨 다닌다. 그러나 속상
하다고 우는 대신 짜증을 내는 여자애에게 지금 내가 줄 수
있는 거라고는, 그 애가 염려하고 있는 어느 한 사람의 조그
만 취향이 전부다.

네가 겪은 불안을 나도 알아. 그런 출처 모를 동지애에 뿌
리내린 관심을 굳이 숨기지 않았다.

여자애는 할 말을 고르다가 머리카락을 신경질적으로 빗어 넘겼다.

"사실 할머니한테 화도 나지만, 이해 못 하는 건 아니야. 나도 여자니까."

……그러나 이제 무슨 말을 이으면 좋을지 도통 감이 오지 않았다. 말을 들으면 들을수록 혼란스럽기만 했다.

"너, 꽃집 할머니 손녀지?"

"응."

"이름이 뭔데?"

일단 통성명이라도 하고 이야기를 듣자는 마음이었다. 그걸 알아서 뭐하려는 거냐고 날을 세우면 어쩔 수 없는 노릇이지만 일단 한 걸음 다가갔더니, 여자애는 조금 경계하는 듯 망설이다가 최수연, 하고 무심히 말했다. 정말 알려줄 거라고 생각하지 못했던 나는 뒤늦게 이름을 밝혔다.

"어…… 난 차진구."

"할머니 때문에 내가 못 살아."

"……그래?"

"내가 할아버지였으면 젊을 때 할머니랑 진작 갈라섰을 거야."

느닷없이 쏟아진 개인사를 듣게 된 나는 거의 울고 싶었다. 다짜고짜 우는 사람이 당황스러운가, 아니면 덤벼들 듯이 분통을 터뜨리는 사람이 당황스러운가. 나는 그간 만나온 인상 깊은 손님들을 떠올려보다가 최수연을 일 순위로 올렸다. 또 다른 혼란이 나타났다. 이번에는 또래 여자애의 꼴을 하고서. 근래 들어 각양각색의 혼란과 맞닥뜨리고 있다. 그들이 다가와 말을 걸거나, 울거나, 꽃을 주거나, 화를 낸다.

심각한 얼굴로 생각에 잠겨 있는데, 수연이 먼저 침묵을 깼다.

"그날, 다 들었지?"

어떤 날을 지칭하는지 대강 눈치챈 나는 별다른 대답 없이 고개만 끄덕였고, 그런 나를 흘겨보며 수연은 다시 한숨을 내쉬었다.

"이혼이 별거라고 생각해?"

"아니."

"그래도 약간 별거긴 하지?"

"그렇겠지."

"그러니까 내가 할머니한테 화나는 게 당연한 거야."

글쎄. 그것까진 자세한 내막을 알 수 없으니 뭐라고 대답해야 할지 모르겠다. 나는 차라리 입을 다물기로 했다. 두 사람만의 헤어짐이, 결혼으로 연결된 모두에게 어떤 화젯거리가 되며 얼마큼의 영향을 끼치는지 조금은 알고 있으니까.

"근데 이혼이 별게 아닐 수도 있지, 요즘 세상에."

갑자기 치밀어오른 생각을 털어놓고 몇 초 후. 나는 내가 뱉은 말에 스스로 놀랐다.

이혼은 결혼만큼 흔하다. 어쩌면 결혼보다 이혼이 더 흔한 시대일지도 모른다. 조부모님의 이혼은 부모님이 법적으로 갈라서는 일과 확실히 다를 테고, 나는 달리 할 말이 없어 눈만 깜빡였다.

"암튼 할머니 보면 친절히 대해줘. 부탁할게."

엉덩이를 털며 일어난 수연이 근데, 하며 눈을 가늘게 떴다.

"왜 이혼해본 것처럼 말해?"

이건 또 무슨 말이지.

나는 당황해서 그게 무슨 뜻이냐고 묻지도 못했다.

"왜 해탈한 얼굴을 하고 있냐고."

"……우리 부모님도 이혼했으니까. 예전에."

말을 터놓은 지 얼마 되지 않은 사람에게, 복원소에 찾아온 게 아닌 가게 앞에서 마주쳤을 뿐인 타인에게 내 사정을 솔직히 털어놓는 게 맞나.

"그렇구나."

수연이 아무렇지 않은 얼굴로 고개를 끄덕이는 것을 보며 이상하게도 홀가분한 기분이 들었다. 나도 모르는 사이 무게추를 달아놓은 채 간직하고 있던 짐을 해체하고 정리하기라도 한 것 같았다.

"할머니가 꽃 주면, 당연하단 듯이 받지 말고 감사 인사 꼭 하고."

이미 그렇게 하고 있다. 그게 도리니까. 듣고 있는 모든 말이 당혹스러웠으나 토를 달지 않았다.

수연은 간다는 인사도 없이 그대로 돌아섰다. 방금 전까지 아무 거리낌 없이 대화를 나눈 게 맞나 싶을 만큼 성큼성큼 멀어져간다.

나는 불 꺼진 꽃집을 살폈다. 내일도 꽃집 문이 열렸는지 확인할 생각이었다. 진구 학생 또는 학생, 하고 부르면서 꽃을 쥐어주는 할머니가 멀끔한 얼굴로 꽃집을 열기를 바라며 돌아섰다.

* * *

할머니가 다시 꽃집 문을 연 건 그로부터 일주일이 지나서였다.

"진구 학생."

복원소 바깥에 쌓인 택배 상자를 안으로 들여놓는데, 꽃집 할머니가 손짓하며 불렀다.

"어, 안녕하세요."

"와서 보이차 한잔하고 가요."

방금 막 도착한 건지 할머니는 아직 어깨에 숄더백을 메고 있었다. 반가운 마음에 곧장 꽃집으로 가려던 나는 들고 있던 상자부터 복원소 안에 들여놓고 꽃집으로 달려갔다.

"마셔 봐요."

카키색 보온병을 든 할머니가 미리 차를 따라놓은 꽃무늬 찻잔을 내밀었다.

"감사합니다."

나는 짙은 갈색으로 퍼진 수색을 내려다보다가 조심스럽게 향을 맡았다. 녹차와는 다른 향이 진하게 풍긴다. 한 번도 마셔본 적 없는 차여서 조금 기대하며 찻잔을 입가로 가져갔다.

"어때?"

"신기한 맛이네요."

어쩐지 지하실 냄새와 비슷한 향이기도 했다. 꾸밈없이 감상을 늘어놓자, 할머니가 만족스럽게 웃으며 좋아했다.

"보이차 특유의 향이지. 전에 준 떡이랑 양갱 잘 먹었어요. 엄마께 고맙다고 전해줘."

"네."

찻잔을 내려놓은 나는 잠시 머뭇거리다가 말문을 열었다.

"저 할머니, 꽃 선물 감사해요. 엄마도 선물 받은 화분 자주 들여다보면서 좋아하세요."

"정말?"

할머니가 눈에 띄게 기뻐하는 걸 보며 나는 인사하길 잘했다고 생각했다. 할머니는 꽃시장에 갈 때면 외국에서 들여온 낯선 꽃을 만날 수 있어서 좋다고 말하며 내가 잔을 비울 때마다 보이차를 새로이 따라주었다. 덕분에 일곱 잔을 연달아 마시게 됐는데, 찻잔이 워낙 작다 보니 물배가 찬 기분은 들지 않았으나 금방이라도 요의를 느낄 것 같았다.

"잘 마셨습니다."

더 있다가는 오늘의 꽃이라며 또 다른 꽃을 받게 될 것 같아 서둘러 일어섰다.

바로 꽃집을 나오려던 나는 테이블에 둔 할머니의 숄더백을 바라보았다. 진한 빨강 가죽 가방이어서 아까부터 눈길이 가던 참이었는데, 자세히 보니 지퍼에 달린 가죽 모서리가 해져 있었다.

할머니가 아! 이거, 하면서 웃었다.

"언젠가 맡기러 갈 건데. 매일 미루고만 있네."

"시간 되실 때 맡겨주세요."

"그래야지. 큰 맘 먹고 산 거라 더 오래 쓰고 싶어."

"할머니라면 공짜로 수선해드릴 수 있어요."

"에이, 공짜는 안 되지."

복원소의 대표인 양 건넨 말에 할머니가 소리 내어 웃었다.

"얼마 전에 말이야. 우리 손녀가 찾아왔었는데. 내가 걜 서운하게 해서 계속 마음이 안 좋았어. 맘이 안 좋으니까 몸이 금세 아파져서, 며칠 집에서 쉬었지. 지금은 진구 학생이랑 차 마시니까 괜찮아졌고."

나는 그 손녀와 얼마 전에 통성명도 하며 대화를 나눴다는 말은 꺼내지 않고, 그동안 내심 궁금했던 것을 물었다.

"할머닌 왜 꽃집을 하시는 거예요?"

그러니까 새벽 꽃시장에서 꽃을 고르고 사들이고 다시 그것을 보기 좋게 어루만져 파는 일을 어째서 좋아하시는 거냐고 묻자, 할머니는 눈을 빛내며 대답했다.

"학생 때부터 꽃을 팔고 싶었어. 근데 꽃 대신 국밥부터 팔았지. 순대국밥."

할머니가 눈을 찡긋하며 물었다.

"국밥 좋아하나?"

"잘 먹어요. 내장은 다 골라내지만."

찻잔을 내려놓은 할머니가 입맛은 누구나 다르지, 하며 느긋하게 말을 이었다.

"그걸 팔아서 애 셋을 키우고 나니 검은 머리가 파뿌리가 됐더라구. 파뿌리가 되고 보니 남은 인생은 날 위해서 살고 싶어졌고."

그렇게 말한 할머니는 입을 다물었다. 그 이후의 삶을 대강 알기에 가만히 찻잔을 구경하는 척하다가 솔직한 심정을 말했다.

"날 위해서 사는 게 맞죠. 한 번뿐인 인생인데."

"그렇지?"

나는 할머니의 뒤늦은 선택에 너무 많은 의심이 끼어들었음을 눈치챘다. 할머니가 엄지손톱의 거스러미를 뜯으며 말했다.

"그래서 여기 와서 꽃을 사고 꽃을 파는 거야. 여기, 이것 좀 볼래?"

할머니는 그동안 서툰 글씨로나마 정리해둔 꽃집 운영 일지를 자랑스럽게 펼쳐 보였다. 스프링 노트 맨 앞장에는 할머니의 성함일 듯한 이름 석 자가 반듯하게 적혀 있었다.

김애순.

나는 그 이름을 새길 듯이 눈에 담았다가 한 장 한 장 넘겨 보았다.

날짜와 날씨. 시장에서 무슨 종류의 꽃을 얼마나 공수해왔고, 꽃집에서 어떤 화분이 몇 개쯤 팔렸는지 등의 일과가 적혀 있었다. 꽃집을 청소하고 분갈이를 하는 식의 과정들이 꼼꼼하게 담긴 노트를 덮자, 할머니가 가만가만 말했다.

"매일 꽃을 보니 내가 꽃이 된 것 같은 착각이 들어. 그렇게 사니까 좋네."

살만해졌다고 말하는 할머니의 눈매에 흐뭇함이 걸렸다. 나는 꽃집을 나서기 전에 다시 한번 할머니의 숄더백을 살폈다.

저 가방에 앞으로 무엇을 담을 수 있을까. 가볍거나 무거울 가방을 어깨에 메고 할머니는 어떤 길을 걷게 될까.

꽃집.

가족복원소 못지않게 투박하여 자꾸만 눈길이 가는 간판이다. 나는 간판을 올려다보며 사랑 많은 꽃집 할머니와 사랑은 많지만 표현이 영 별로인 손녀를 떠올렸다. 최수연. 나보다 늦게 가까운 사람의 이혼을 겪은 그 애는 잘 지낼지 문득 궁금해졌다.

그날 밤 꿈을 꿨고 그 안에서 나는 철저한 관찰자였다. 꿈에서 나는 누군가의 뒷모습을 보고 있었다. 어쩌면 어릴 때 명절마다 다녀가곤 했던 할머니 댁의 풍경을 이것저것 조합한 집이 보였고, 그 앞에 서 있는 건 나의 할머니가 아니라 꽃집을 운영하는 할머니, 김애순 씨였다.

나는 꿈속에서 할머니의 인생 전반을 굽어보았다. 신기한 꿈이었다. 스무 평 남짓한 집에서 머리카락이 검은 젊은 시절의 할머니가 립스틱을 꼼꼼히 바르는 모습. 앞치마를 맨 채식당의 비좁은 주방에서 분주히 설거지를 하는 모습. 고무장갑을 벗고 뻐근한 허리를 두드리는 모습. 마늘을 까거나 양파를 썰고 풋고추를 물에 씻는 모습. 둥글넓적한 대야에 식당

밑반찬으로 내갈 김치를 담그는 모습이 짧은 동영상처럼 이어졌다.

백화점 출입문을 열고 어줍게 들어서는 모습. 명품 브랜드의 핸드백이 진열된 선반을 훑다가 할인 코너에서 빨간색 숄더백을 보고 첫눈에 반해 지갑을 꺼내는 손이 보였다. 그리고 얼굴 모르는 젊은 삼남매 혹은 세자매 혹은 삼형제가 교복을 입거나, 정장 또는 웨딩드레스를 입고 식장에 들어서는 모습. 그것을 파노라마처럼 바라보는 할머니의 머리가 어느새 희끗해졌음을 꿈에서 또렷이 보았다.

그게 꿈에 불과하다는 것을 알지만, 어쩐지 실제처럼 느껴져 잠에서 깨고도 한동안 멍하니 누워 있었다.

"할머니 어떤 분이셨어?"

그런 꿈을 꾸고 나니 묻지 않을 수 없었다. 아침을 먹다 말고 던진 질문에 엄마가 의아한 듯 눈을 굴렸다.

"할머니?"

"엄마의 엄마. 외할머니."

"갑자기 왜?"

"그냥 궁금해서."

나는 얼버무리며 대답을 피했고, 엄마는 조금 생각하는 얼굴로 애호박찌개를 한 숟갈 떴다.

"되게 신경질적인 사람이었어."

나는 예상치 못한 대답에 두 눈을 휘둥그레 떴다.

"대하기 까다로웠어. 밥때 맞춰서 식사 못 하면 아주 온갖 짜증을 다 부리는 분이었지. 걷는 것도 별로 안 좋아해서 같이 멀리 바람 쐬러 다니지도 못했어."

"엄마가 하도 고생시켜서 그런 거 아냐?"

기회를 놓치지 않고 엄마를 놀렸다.

"아니다."

엄마가 단호한 목소리로 딱 잘라 말했다. 여기서 엄마의 심기를 더 건드리면 오늘 하루 종일 잔소리를 들을 거라는 것을 알기에 이 정도에서 잠자코 밥을 먹는 데 열중했다.

그리고 그날 수연과 마주쳤다. 꽃집 근처 골목을 서성이는 수연을 알아보고 곧장 다가가자, 라일락 조화를 품에 든 수연이 뜨악한 얼굴로 나를 바라보았다.

"누구 주려고 산 꽃이야?"

반가워서 느닷없이 장난을 걸었다. 난감해하던 수연은 한참 만에 애순이, 하고 대답했다.

그날 이후 꽃집의 출입구 한편에 유일한 조화가 놓였다. 꽃집 주인에게 조화를 선물한 이가 누구인지 아는 나는 한동안 속으로 뿌듯해했다.

＊ ＊ ＊

할머니의 가방에 담긴 사연을 들어서일까. 언제 방문하시려나 싶던 할머니가 마침내 숄더백을 맡기러 왔을 땐 나도 모르게 할머니, 하고 외치고 말았다.

진구 학생, 하면서 복원소로 들어선 할머니는 왠지 쭈뼛거리는 기색이었다.

"안녕하세요."

필요 이상으로 언성이 높아졌음을 깨달은 나는 헛기침하며 할머니를 안으로 모셨고 어깨에 메지 않고 들고 있는 빨간 색상의 숄더백을 보고 드디어, 하고 생각했다.

드디어 할머니가 가방을 맡기러 왔다.

"엄마는 어디 가셨나?"

"잠깐 김밥 사러 가셨어요."

"이거, 맡기려고 왔는데."

할머니가 내민 숄더백을 받아든 나는 최대한 전문가처럼 보이길 바라며 살뜰히 살폈다. 엄마와 비교하자면 영 못 미덥겠지만 나 역시 겨우내 복원소에 살다시피 하며 가죽을 수선 또는 리폼을 맡아 오며 얇게나마 쌓아올린 능력을 할머니가 알아주길 바랐다.

"손볼 데가 거의 없어 보이는데요?"

"그래요?"

"네, 엄청 소중히 쓰셨나 봐요."

새것 같은 숄더백을 보며 감탄한 나는 일단 눈에 들어오는 수선 범위부터 설명하기 시작했다.

"여기, 지퍼가 떨어질 것 같은데 이건 가죽 손잡이를 교체하면 돼요."

"그런가?"

나는 고개를 크게 끄덕였다.

"그리고 모서리 가죽이 벗겨진 건 엣지코트라고 해서, 유약 바르고 말리면 해결할 수 있어요."

수선 과정을 자세히 안내하는 동안 할머니는 옛이야기라도 듣듯이 입술을 모으고 집중했다. 그런 할머니를 보며 어쩐지 어깨에 힘이 들어간 나는 마침 손님이 없으니 복원소도 찬찬히 둘러보시라고 권했다.

"손님으로 구경하는 건 처음이네."

짧은 복원소 투어를 끝내고 나서 할머니가 특유의 수줍어하는 미소를 지었다.

"그럼 언제 찾으러 오면 될까?"

나는 엄마가 하도 넘겨서 접힌 부분이 많은 탁상달력을 집어 들었다.

"지금은 예약이 좀 밀려서요. 삼 주 정도 걸릴 것 같은데,

작업 끝나면 제가 꽃집으로 가져다드릴게요."

"그래 주면 고맙지."

할머니가 웃으며 손을 흔들었다.

"그럼 잘 좀 고쳐줘요."

마주 손을 흔들던 나는 순간 기겁하며 재빨리 고개를 꾸벅 숙였다.

"안녕히 가세요."

할머니가 꽃집으로 돌아간 후 나는 숄더백을 코앞까지 들고 다시 하나하나 살폈다.

어깨 스트랩이 체인으로 된 숄더백은 지금도 고가에 팔릴 터였다. 빈티지 상점에 들이면 재빨리 팔릴 만한 가방이었고, 이만큼 상태가 좋았으니 아마 가격도 상당히 높게 쳐줄 수 있을 것이다.

처음으로 구매한 명품 가방이라고 했던가. 나는 숄더백의 안감을 조명 아래 대고 보다가 나직이 감탄했다. 역시 조심히 아껴 쓴 게 분명하다. 할머니에게 이 가방은 그저 무언가를 담는 용도의 물건만은 아니었을 것이다. 그렇지 않고서야 이렇게까지 상태가 좋을 리 없을 테니까.

머릿속이 바빠진다. 세척, 그다음에는 지퍼에 달린 가죽은 가위로 곧장 분리해내면 될 테고, 빨강 가죽 원단에 기존 가죽의 색상 가깝게 유약을 발라 마감 처리하면 될 터다. 바닥의 해진 가죽은 비슷한 색상의 가죽을 가방 크기에 맞게 잘라 교체하면 된다. 정면 장식의 도금이라든가 지퍼 부분은 세척만으로도 충분할 테고, 더 오래 쓰기 위해 가방 모서리마다 유약을 서너 번 바를 것이다.

약품이 마르기를 기다리는 단순 작업까지 마치는 건 큰 부담이 없다. 다만 평소보다 시간이 배는 더 걸릴 것 같다는 예감이 들었다.

아무래도 내게 거의 날마다 꽃 한 송이를 선물해주는 할머니의 가방이었으니까. 사랑 많은 할머니의 가방이 처음 그대로의 모습으로 더 오래 할머니 곁에 머무르길 바라므로 공들여 수선을 마치고 싶었다.

견적을 내고 나면 빈 작업대에서 수선을 시작한다. 메신저나 전화, 홈페이지 등으로 문의해온 제품이 아니었으므로 이튿날 바로 할머니의 숄더백을 손보기 시작했다. 그러는 동안 엄마는 여러 채널로 들어오는 각종 상담을 처리했다. 엄마가 서너 개의 의뢰 사진을 훑으며 손님을 응대하는 틈틈이 작업하는 속도는 혀를 내두를 만큼 신속하고 정확하다.

"어떻게 그럴 수 있지?"

새삼 놀라워 물으면.

"타고난 손재주와 갈고닦은 노력 덕분이지."

뻔하디 뻔한 대답이 돌아왔다.

아마도 가죽의 신이 보살펴주는 게 분명한 엄마를 따라잡으려면 아직 멀었을 것이다. 그러나 수제자이자 동업자임을 최선을 다해 상기하며 숄더백을 살폈다.

복원을 마친 날은 모처럼 미세먼지 없이 화창했다. 나는 오랜 숙제를 풀어낸 기분으로 엄마를 바라보았다. 채점자이자 시험 감독관이 된 엄마는 오랜만에 내 작업에 점수를 매겼다.

"10점 만점에 8점."

"8점?"

"여기 모서리. 유약 세 번 발랐지?"

"응."

"두 번만 발라도 충분했을 거야."

눈썹을 모은 채 고민하는 듯하던 엄마가 '8.5점!' 하고 슬쩍 점수를 올려주었다.

"모자란 점수는 빠른 배송으로 채울 것."

그 말이 떨어지기 무섭게 미리 꺼내놓은 파우치에 숄더백을 조심해서 넣었다.

"갔다올게."

말하고는 대답도 듣지 않고 꽃집으로 향했다. 할머니에게 손수 배달하는 날을 얼마나 기다렸던가.

그러나 복원소를 나오자마자 멈춰서고 말았다. 익숙한 얼굴이 보인 탓이었다.

　"어."

　"아."

　교복을 입지 않은 수연의 등 뒤로 희한한 광경이 펼쳐지고 있었다. 나는 꽃집 할머니 앞에 웬 개량한복을 입은 노인이 마주 서 있는 모습에서 눈을 떼지 않으며 천천히 다가갔다.

　"아, 나보다 꽃이 좋으냐, 이 사람아!"

　노인이 억울하다는 목소리로 투덜거렸다. 그러자 꽃집 할머니가 처음 보는 쌀쌀맞은 얼굴로 혀를 찼다.

　"구질구질한 노인네 같으니."

　"미안하다고 했잖어!"

　"늦었다고 했잖어."

　"그래도 남은 나날 동안 잘 지내면 되지."

　"싫어. 꼴 보기 싫어."

　"꽃보다 사람이 먼저지, 누나!"

　자녀를 다 키운 노부부가 우여곡절 끝에 이혼을 하고, 그 이후에 가족과 손주들마저 그들의 파국에 연달아 충격을 받았음을 안다. 가장 타격이 컸을 사람은 다름 아닌 할아버지라는 것도 알 것 같다. 아니다, 어쩌면 옆에서 긴장한 얼굴로 눈을 찡그리고 있는 수연이 제일 충격 받았을지도 모르겠다.

볕 좋은 봄날에 그것도 노상에서 할머니, 할아버지의 절절한 언쟁을 볼 줄 몰랐을 테니까.

먼저 이혼을 통보한 쪽은 할머니라고 했던가.

이 모든 난리를 지켜보던 수연이 한숨을 내쉬는 게 보였다. 미련이 많은 사람은 때때로 무례할 만큼 솔직하다. 할아버지, 할머니 두 사람 뒤로 이들 자녀로 보이는 중년 남자와 여자가 어쩔 줄 몰라 하며 서 있었다. '아버지, 그만하시고 돌아가요.' 하고 안절부절못하는 목소리가 그들을 에워쌌다.

"막장드라마가 따로 없지?"

수연이 질린 듯한 표정으로 혀를 내둘렀다.

"어떤 이혼은 아주 갈라서는 게 아니란 거 알지만, 우리 할머니 할아버진 너무하시지."

알고 있다. 아예 관계를 끊는 게 아니라 근거리에서 따로 살기만 할 뿐인 이별이 있다는 것을. 관계 청산 후에 남은 감정이란 게 오로지 부정적인 감정만은 아닐 수도 있다는 걸, 그런 이별이 가능한 사람들이 있다는 사실을 나도 안다.

나는 할머니의 숄더백이 담긴 파우치의 손잡이를 힘주어 잡았다. 가죽을 다루면서 가장 많이 곱씹는 감정이 사랑이라니. 이상하게 웃음이 터져 나오려 해서 황급히 고개를 돌려야 했다. 대체 사랑이 뭐길래, 이토록 자주 목격하는 건가.

"무슨 일이야?"

소란을 듣고 복원소에서 나온 엄마가 어리둥절한 목소리로 물었다.

나는 가만히 숄더백을 들어 보였다. 꽃집 앞에서 펼쳐지는 드라마틱한 상황과—"내가 꽃을 사주면 되잖아. 이제부터라도 매일 꽃 사주는 사람이 되겠다니까. 미안하다니까!"—숄더백을 번갈아 바라보던 엄마는 웃음이 터져 나오려 했는지 아랫입술을 꾹 깨물었다.

어느 한 사람이 일방적이고 위협적으로 매달리는 폭력이 아닌 미지근한 연정의 현장이었다. 그것만으로도 다행인 일이었다. 낱낱이 감정을 들여다볼 수는 없어도, 꽃집 할머니는 법적으로 혼인관계를 소멸시킨 상대가 염소처럼 떨리는 목소리로 사과하는 것이 내심 즐거운 듯 보였다.

"내 인생을 좀 살아보겠다는데 왜 매달려."

할머니가 매섭게 한마디 했다.

"이봐, 애순이 누나."

할아버지가 무릎을 꿇었다. 곁에 서 있던 어른들이 아이고, 아버지, 외치며 달려들었다.

"그럼 내가 응원을 할게. 가끔 보러 와서 밥을 사주면서. 그건 되지?"

심각하기 그지없어 보이는 할아버지의 구애에 수연은 고개를 절레절레 저었다. 이혼을 제안한 날부터 지리멸렬한 이혼

과정을 마무리한 날까지. 그날의 감정이 계속되는 지금까지 한 가족을 둘러싼 충격이 꽃집 앞에서 폭죽처럼 터져대고 있었다.

복원 불가능한 가족이어도 조금쯤 유쾌하게 살 수 있구나.

꼭 처음 상태로 되돌아가지 않아도 가까이에 살며 소동극의 주연으로 지낼 수 있구나. 나는 웃음을 참고 있는 엄마를 바라보다가 돌아섰다. 꽃집 할머니의 가방을 수연에게 내밀자, 입술을 삐죽 내밀며 쳐다만 보던 수연이 침울한 목소리로 말했다.

"우리 할머니 거야?"

"어."

"나중에 직접 전해줘."

이 작은 소동이 어느 정도 잠잠해진 후에.

편지의 추신처럼 덧붙인 수연의 말을 듣고도 어떻게 할까 고민하던 나는 어느 순간 수연의 입꼬리가 부드럽게 올라간 것을 보며 뒤늦게 따라 웃었다.

"그렇게."

* * *

"진구 학생!"

익숙한 목소리를 듣고 돌아보자, 꽃집 할머니가 손짓하고 있었다.

그날 이후 할머니는 내게 흰색 튤립을 한 송이씩 주곤 했다.

하얀 튤립의 꽃말은 '용서'와 '사과'였다. 나는 할머니가 그 날 벌어진 난리를 멋쩍어하며 사과하고 있다는 것을 깨닫고 웃음을 삼켰다.

"오늘도 튤립이네?"

복원소로 들어선 내게 엄마는 미리 준비한 화병을 내밀었다.

"너도 좋은 날에 꽃을 사고 싶어지는 어른이 되면 좋겠다."

"당연히 기념일 하면 꽃부터 생각하지."

"생각보다 꽃 주는 사람은 흔치 않아, 젊은이."

요즘 같은 시대에 꽃 선물은 역시 귀하지. 엄마는 새로 주 문한 스펀지를 세모꼴로 자르며 말을 이었다. 나는 튤립을 물 끄러미 내려다보다가 고개를 돌렸다.

"엄만 무슨 꽃을 제일 좋아하는데?"

"나?"

생각지도 못한 질문이었는지 엄마는 으음, 하며 말꼬리를 늘였다.

"글쎄, 아무래도 제일 무난한 게 장미니까, 일단 장미."

"그게 뭐야. 생각해줘요. 무슨 꽃이 제일 좋은지."

"왜?"

"혹시 모르잖아."

나는 재활용봉투를 들고 엄마를 바라보았다.

"내가 어느 날 갑자기 엄마 줄 꽃다발을 사올지도."

엄마가 입을 벌린 채 소리 내어 웃었다.

"잘 자라줬네, 차진구."

"뭐야. 느끼하게."

한껏 인상을 쓰며 툴툴거려도 엄마에게는 통하지 않는다. 가죽 코팅제라도 바른 듯이 두 눈을 반짝이던 엄마가 대뜸 좋아, 하고 외쳤다.

"이제 다음 단계로 넘어가자."

"다음 단계?"

나는 눈썹을 비딱하게 세우며 엄마를 바라보았다. 다음 숙제가 있으려나. 그러니까 복원소에서 엄마처럼 가죽에 기대어 시간을 보내기 위해 또 다른 증명을 해야 할지도 모른다는 생각이 들자 조금 초조해졌다.

"술을 배워보자."

"그게 뭔 소리야."

"술은 어른한테 배우는 거야, 원래."

나는 이미 스무 살이지만, 엄마와 단둘이 술을 마셔본 적은 없었다. 집에서 따로 명절마다 차례를 지내거나 하지 않았으니 어른에게 술잔을 받거나, 술을 따라드리는 기회 또한 없다. 나는 엄마의 제안에 마음이 동하는 걸 느끼며 은근슬쩍 샴페인을 먹고 싶다고 말했다.

"이따 마트 들르자. 술버릇 고약하면, 아무리 친절하고 자상해도 널 불러주는 술자리는 없을 거다."

"너무 악담을 하시는데?"

"조언이다. 새겨들어."

엄마는 여전히 엉뚱한 말을 늘어놓으며 나를 놀리기 좋아한다.

복원소에 들어서는 거의 모든 손님은 제각기 다양한 명도와 채도를 지닌 채 유쾌하거나 슬프다. 눈물이 많거나 웃음이 많다. 그들을 대하는 날이 허투루 지나가지 않고 내 안에 고스란히 쌓이는 걸 느낀다. 칙칙하기만 하던 일상에 일정량 이상의 설탕이 뿌려진다. 매일 어제보다 오늘 조금씩 더.

나는 다음 순서로 수선을 해야 하는 가죽제품을 하나하나 살펴보았다. 내 손으로 복원하는 물건의 주인이, 언젠가 반드시 오고야 말 행복을 꼭 붙들기를 바라며.

6

시인을 위한 안경 파우치

가죽 복원. 가죽 수선. 가죽 염색.

인터넷 포털 사이트에 가죽을 키워드로 넣어 검색하면 수많은 게시글이 뜬다. 엄마의 복원소가 가장 첫 번째 페이지에 노출되려면 지역명을 함께 넣어야만 하는데, 그마저도 다른 가죽공방과 함께 나와 눈에 띄기 어려웠다. 가죽을 주로 다루는 영업장은 많고 다양하다. 입소문을 듣고 먼 지역에서 메신저로 의뢰하는 손님들이 늘고 있는 게 다행이라면 다행인 일이었다.

사람들은 대체로 오래 쓸 작정으로 가죽제품을 구입한다. 시간이나 금전적인 여유가 있다면 가죽 원단과 바느질이라는 수고로움을 감수하여 사용할 물건을 직접 만들기도 한다.

"그러니까, 우리도 뭔가 다른 걸 시도해봐야 하지 않나?"

염색 약통의 뚜껑을 여는 엄마를 보며 넌지시 제안한 이유는 생존의 위협을 미리 감지해서가 아니라 단순한 욕심 때문일 수도 있다.

"어떤 거?"

엄마가 염색약을 팔레트에 부으며 물었다.

이염된 물건이나, 본래 색상을 다른 색으로 입히는 작업 이전에는 언제나 그림 그리듯 염색약을 풀어 여러 색을 조합해야 한다. 손님이 원하거나, 물건의 기존 색상을 최대한 재현해내려면 화가의 안목도 필요한 것이다. 염색약을 적신 스펀지로 원을 그리듯 문지르다 보면 엄마가 원하는 색상이 반드시 나왔고, 나는 그렇게 완성된 색을 구경하는 걸 꽤 좋아한다.

"가죽 수선을 하면서, 커피를 판다거나."

"카페도 같이 하잔 거야?"

엄마가 경악하며 혀를 내둘렀다.

"말이 그렇단 거지."

"카페 일이 얼마나 고된지 모르지?"

"알아. 쉬운 일은 없으니까."

나는 변명처럼 말을 늘어놓았다.

"근데 손님을 더 모으려면, 새로운 시도도 좀 해야 하지 않나 싶어서."

"고인 물 같냐?"

"흐르는 물은 아니지 않나."

값비싼 에스프레소 머신까진 필요 없다. 모카포트 또는 간단한 필터 커피용 도구를 구비해놓고 한정 메뉴를 판다든가 하면 그리 부담되지 않을지도 모른다. 그전에 식품영업허가와 필요한 자격 등이 무엇인지 자세히 알아보고 준비해야겠지만 마냥 허무맹랑한 계획이 아니리라 자신했다. 공간만 잘 활용하면 가끔 한가한 시간에도 손님을 끌어들일 수 있을 터다.

가죽을 다루는 일이 단순 취미가 아닌 단계에 올랐고, 그런 이상 전력으로 현재를 판단하여 청사진을 그려보게 된다. 복원소는 영리를 목적으로 하는 사업이므로 여하간 지속 가능한 생계 수단이 되어야 했고, 그러려면 여러모로 입소문이 중요했다. 나는 이왕이면 복원소가 영업시간 내내 북적이길 바랐다.

"하긴."

곰곰이 생각하던 엄마가 스펀지를 든 손을 흔들며 말했다.

"지금 당장은 뭔갈 준비하기 어렵겠지만, 슬슬 변화를 좀 줄 때도 됐지. 언제 그런 생각을 했어?"

"그냥."

나는 뺨을 긁적이며 창밖을 바라보았다. 오늘은 더 이상 손님이 올 기미가 없다. 모처럼 여유로워지니 이런저런 생각으로 머릿속이 헝클어진다.

사람 대하는 일을 능숙하게 한다고 해도 복원 실력이 받쳐주지 않는다면 쓸모없다는 걸 잘 알고 있다. 그러므로 의뢰 품목을 거드는 일과 홀로 집에서 가져온 가죽제품을 매만지는 일에 시간을 좀 더 들였다. 엄마처럼 원하는 색상을 시행착오 없이 만들어내기 위해 미술 서적까지 찾아 읽으며 색 조합에 대해 알아보기도 했다.

"진구야."

엄마가 문득 휘파람을 불었다.

"혹시 복원소를 확장하고 싶다거나, 뭐 그런 거야?"

"그건 아니지만. 더 넓은 데로 가면 좋지 않나."

여기보다 넓은 상가로 갈 수 있을 만큼 여유가 생긴다면, 엄마도 나도 사는 게 편해지리라는 막연한 생각이 든다. 어쨌든 사업을 확장하는 일만큼 사업자에게 좋은 일은 없을 테니까.

6월, 세상이 여름의 길목에 진작 들어선 지금. 아직 생일이 지나진 않았지만 어쨌든 스무 살이 된 지 반년이나 흘렀고, 지난해와 다르게 살아야겠다고 단단히 마음먹은 터다. 그러다 보니 이를 악무는 습관과 주먹을 쥐는 습관이 생겼다.

이건 거의 전장에 나서는 장군의 마음이 아닌가. 나는 철갑을 두른 기분으로 날마다 복원소를 오갔고 그러는 동안 가죽 공방과 카페 아르바이트 업무 따위에 대해 엄마 모르게 고민했다. 휴대폰 메모장에 생각날 때마다 복원소 운영에 관한 고민을 적기 시작한 건 최근 내가 가진 비밀이기도 했다.

메모장의 이름은 '먹고 사는 일'이었다.

"⋯⋯그래서 오신 거라고요, 손님?"

프랜차이즈 로고가 박힌 앞치마를 두른 상준이 음료 픽업 공간에서 미소를 지으며 말했다.

"그래서 온 거다."

나는 이제 막 상준이 제조한 아이스 카페라테 한 잔을 받아들었다.

상준은 프랜차이즈 커피숍에서 아르바이트 중이었다. 나는 미리 연락하지 않고 녀석이 근무하는 시간인 오후 늦게 와서 커피를 주문한 참이었다.

"너의 복원소에서 커피도 팔고 싶다고?"

"나의 복원소라니, 그것까진 아니고⋯⋯. 그냥 조그맣게 공예 수업 하면서 음료도 팔면 좋을 것 같아서. 매일은 어려우니 주말에 한두 시간 정도만."

"엄마랑 상의는 해본 거냐?"

"얼마 전에 살짝 꺼내 봤는데, 그다지 내키지 않으신 것 같아."

"당연하지."

상준이 주변을 두리번거리다가 말했다. 영업종료 시간을 삼십 분쯤 남긴 무렵이라 다른 손님은 없었다.

"업종을 하나 늘리는 건데. 부담되는 일이지."

"그렇게 큰일인가?"

"차진구 너 참 겁 없다."

상준이 혀를 내둘렀다.

"세상은 그렇게 호락호락하지 않단다."

"네, 할아버지."

얼음이 달그락거리는 잔을 들고 자리로 돌아가려는데 상준이 잠깐만, 하고 불렀다.

"진구야, 너 카드 지갑 안 필요하냐?"

"왜?"

"같이 만들러 가자."

상준의 제안에 나는 멈칫했다.

"갑자기?"

"일단 무슨 일인지 해봐야지. 가서 벤치마킹인지 뭔지 해 보자고."

찾아보면 원데이 클래스가 많을 테니 함께 들어보자는 말이었고, 손재주가 없는 상준치고 제법 대담한 제안이어서 나는 곧장 '언제 시간 되는데?' 하고 덥썩 물었다.

"음, 당장 이번 주 주말엔 약속 있고."

아르바이트 스케줄을 중얼거리던 상준이 다음 주는 어떠냐고 물었다.

"오케이."

나는 바로 고개를 끄덕였다.

"차진구는 좋겠다."

상준이 능글거리며 웃었다.

"나 같은 천사 친구도 있고."

"이것 참 너무너무, 고맙네."

무표정한 얼굴로 인사를 전할 때 출입문에 달려 있는 차임벨이 울렸다. 나는 손님에게 카페 마감 시간을 안내하는 상준을 보다가 자리로 돌아가 앉았다. 그러고 보니 나는 나대로 상준은 상준대로 각자의 자리에서 불특정 다수를 상대하고 있구나. 나는 녀석 특유의 넉살 좋은 미소를 보며 커피를 한 모금 홀짝였다. 저 녀석도 음료를 제조하는 대신 우는 손님을 달래본 적 있을까. 아니 그 이전에 갖가지 유형의 불평에 시달리느라 상준이 먼저 훌쩍거릴지도 모른다. 저래 봬도 올 땐 우는 놈이니까. 나는 헛웃음을 지으며 등받이에 완전히 기대앉았다.

* * *

자전거 바퀴 돌아가는 소리가 기분 좋게 울려 퍼진다.

상준과의 약속을 앞두고 도서관으로 가는 길이었다. 일단 가죽 공예에 관한 서적을 최신판 기준으로 모두 빌려올 생각이었다. 대출 제한 권수인 일곱 권을 다 채워 두둑하게 빌려 나왔는데도 날이 저물지 않았다. 주홍빛으로 물든 하늘이 활짝 트이어 보였다. 하늘을 올려다보던 나는 서둘러 자전거 바퀴에 묶어놨던 와이어 자물쇠를 풀었다. 배낭을 고쳐매고 안장에 올라타자, 바지 주머니에 넣어둔 휴대폰 진동이 울렸다.

엄마인가.

대수롭지 않게 화면을 켰다가 너무 놀라 혀를 씹을 뻔했다. 찬바람 탓이 아닌 문자의 발신자 때문이었다.

—진구야. 문자 보면 전화 바람.

이제 보니 부재중 전화도 두 건 찍혀 있었다. 도서관에서 서가 사이를 바삐 걸어 다니느라 전화가 걸려온 줄 몰랐던 나는 뒤늦게 당황했다. 믿기지 않아 몇 번이나 휴대폰을 확인했다.

누구나 오염이나 변색된 가죽 부위처럼 신경 쓰이는 사람이 한 사람 이상 있기 마련이다. 내 경우에는 아빠가 그랬다. 코팅제를 입히지 않은 가죽이 해지기 쉬운 것처럼 아빠는 내가 미처 삶의 희노애락에 익숙해지기 전에 온갖 스크래치를 입히고 떠난 유일한 어른이었다. 아니, 그걸 상처라고 말할 수 있을까. 이혼이 비단 아빠에게만 책임을 전가할 수 있는 사건일까.

나는 문자를 반복해 읽으며 아랫입술을 윗니로 잘근 씹었다. 아빠는, 엄마와 나의 얼룩이다. 아마도.

중심상가에 다다라서 자전거를 끌고 가자 시계탑 아래 아빠가 우두커니 서 있는 게 보였다. 멀리 있어도 바로 알아볼 수 있었다.

잘 지내셨느냐는 인사는 하지 않아도 될 것 같다. 아마도 아빠는 잘 지냈을 것이다. 법적으로 타인이 된 처음 며칠은 조금 힘들었겠지만 금방 적응했을 터다. 그게 두 분이 원하던 삶의 형태였으니까. 무엇보다 아빠는 다른 일 신경 쓰지 않고 원고 작업에 몰두하기를 원했으니, 갑작스럽게 맞닥뜨린 공허함을 반겼을지도 모른다.

자기만의 방에 틀어박혀 메모지마다 낯선 낱말을 적어두고, 문서 작업용 파일을 차근차근 열어보며 문장을 써내려 가기만을 원한 사람이었다. 엄마는 아빠의 일을 고독한 일이라고 설명했고, 나는 그것이 아빠뿐만 아니라 함께 살던 우리 또한 고독하게 만드는 일이라고 일찍이 터득했었다. 시인으로서만 살기를 선택한 아빠가 오랜만에 연락해온 사실이 손에 잡히는 무엇이든 구겨버리고 싶게 만든다.

돌아갈까. 갑자기 사정이 생겼다고 양해를 구하고 다음으로 만남을 미룰까.

나는 자전거 핸들을 쥔 손에 힘을 줬다.

"……아빠."

다가서는 기척에 고개를 든 아빠와 어색하게 눈이 마주쳤다.

"진구야."

하늘색 셔츠를 입은 아빠를 보니 생뚱맞게 웃음이 나오려고 한다. 아빠의 옷차림을 두고 계절 감각이 없다며 잔소리하던 엄마가 떠오른 탓이다.

"어디 갔다 오는 길이야?"

"도서관이요."

"밥 먹었니?"

"네."

귓불을 만지작거리며 떨떠름한 목소리로 대답했다.

이 대화를 어떻게 끝내야 하나. 원치 않았던 이 만남을 어떻게 마무리하고 헤어지면 될까. 안경 렌즈 너머 무심한 눈동자와 시선이 마주쳤다.

"아빠는요?"

나는 마른침을 삼키고 입을 열었다.

"아직이시면, 어디 들어가서 먹고."

"됐다. 너 먹었다며."

"또 먹을 수 있어요."

뒤늦은 반항을 하려던 게 아닌데 나도 모르게 말이 사납게 튀어 나갔다.

"사주세요. 맛있는 걸로."

아차 싶어 고개를 들었다. 멀리서 자동차 경적 소리가 길게 울렸다.

"뭐 먹고 싶은데?"

간판 불빛이 어지럽게 반짝이는 상가마다 아이돌 그룹의 노래들이 흘러나왔다. 반갑고도 미운 아빠를 조금쯤 괴롭혀야겠다는 자격지심이 들끓기 시작했고 일단 어디든 가까운 곳에 들어가고 보자는 생각이 들었다.

나는 아빠를 보며 거의 소리치듯 대답했다.

"파스타요."

"어서 오세요. 두 분이신가요?"

말끔한 차림의 직원이 출입구 앞에서 인사를 건넸다.

"네, 두 명인데 자리 있나요?"

"잠시만요. 혹시 예약하셨나요?"

직원이 예약자 명단이 적혀 있을 태블릿 화면을 누르며 물었다.

"아뇨."

"이쪽에서 십 분 정도만 기다려주시면 바로 안내해 드릴게요."

우리는 출입구 쪽에 마련된 가죽 소파에 나란히 앉았다. 시끌벅적하던 외부와 단절된 레스토랑에는 잔잔한 피아노 연주곡이 흐르고 있었다. 식기 부딪히는 소리. 간간이 터져 나오는 즐거운 듯한 웃음소리. 저기요, 하고 직원을 부르는 힘 있는 목소리. 오픈형 주방에서 들려오는 셰프들의 대화 소리가 삼차원의 부피를 갖고 귓속을 파고들었다.

조용하지만 끊임없이 다양한 소리가 메워지는 공간에서 아빠도 나도 말없이 빈자리가 생기기만을 기다렸다.

아빠와 단둘이 어색하게 레스토랑에 오게 될 줄이야. 뒤늦게 후회가 밀려왔다. 벽에 이마를 찧고 싶은 충동이 솟구쳤다. 일을 저지르고 한탄하는 건 이제 그만하고 싶은데 좀처럼 되지 않는다. 나는 못마땅한 눈으로 레스토랑을 둘러보았다. 파스타와 스테이크가 맛있어서 데이트 장소로 유명한 식당이었는데, 마침 금요일 저녁이라 연인으로 보이는 손님들이 많았다.

"저쪽으로 안내해 드릴게요."

매니저 또는 점장급으로 보이는 다른 직원이 다가와 말을 걸었다. 그때까지 뻘쭘하게 앉아 침묵을 견디던 나는 재빨리 직원을 따라갔다. 안내된 자리는 운 좋게도 널찍한 창가 쪽이었다.

각자 메뉴판을 보며 침묵하는 손님은 아빠와 내가 유일해 보였다. 실내에 흐르는 피아노 연주곡과 어울리지 않는 분위기여서 숨이 다 막힐 지경이었다. 나는 메뉴판으로 얼굴을 가리며 조그맣게 신음을 흘렸다. 괜히 여기로 오자고 했다. 그냥 분식집이나 가자고 할 걸. 가격도 만만치 않아서 불편한 게 이만저만이 아니었다.

"뭐 먹을래?"

그때 메뉴판을 훑어보던 아빠가 여상한 투로 물었다.

나는 낯선 메뉴들 사이에서 갈팡질팡하다가 메뉴판을 소리 나게 덮었다.

"알리오올리오 먹을게요. 아빠는?"

"난 리조또. 버섯 들어간 거. 음료는 어떤 걸로 시킬까?"

"됐어요. 그냥 물 마시면 돼."

"그래도 이왕 온 거 분위기 좀 즐기자. 오랜만인데."

우리가 오붓하게 분위기를 잡고 식사할 부자관계던가. 그게 아니란 것을 아빠도 나도 잘 알 텐데. 나는 괜히 신경이 곤두서는 걸 느끼면서도 한편으로는 잘됐다 싶은 마음이 들어 다시 메뉴판을 펼쳤다.

"그럼 와인 마실래요."

"뭐?"

잠시 놀란 듯하던 아빠가 안경을 고쳐 쓰며 웃었다.

"그래, 스무 살이지, 올해."

너도 이제 성인이지. 어른이 됐지. 뜬금없이 감회에 젖은 아빠가 그렇다면 레드 와인을 마시자며 손을 들어 직원을 불렀다.

나는 차분한 목소리로 주문하는 아빠를 구경하듯 바라보았다. 늙었네, 아버지. 머리카락이 좀 더 희끗해진 것 같고 전보다 약간 마른 것 같다. 나는 턱을 괴고 휴대폰 화면을 켰다 껐다 하며 시간을 확인했다.

"잘 돼가니?"

그 말을 듣자마자 흠칫 몸이 굳었다. 최대한 동요하지 않으려고 노력하며 고개를 들었다.

"뭐가요?"

"뭐든."

무슨 질문이 이렇게 광범위하고 무책임한 거냐고 따지고 싶은 마음을 억누르며 나는 입술을 씰룩였다.

"그런 것 같은데."

그럭저럭 잘 지내고 있다. 아주 좋거나 아주 나쁘지 않다. 내가 원하는 대로. 적당히 살고 있다는 근황을 간단히 전하고 나서 아빠에게 질문을 되돌렸다.

"아빠 잘 지내요?"

"나도 그냥저냥. 요새 학교에 나간다."

"학교요?"

"시간강사로 일하고 있거든."

아빠가 목덜미를 긁적이며 느릿느릿 말했다.

"대학생들 가르친다. 너 같은 스무 살짜리 애들도 내 수업 들어."

나는 별다른 대꾸 없이 물만 마셨다. 엄마랑 헤어지고 나서 겨우 강단에 섰구나. 시간강사여도 교수는 교수일 테니 대접깨나 받겠구나 싶었다.

아빠는 저명한 문학상을 수상한 이력이 있으며 젊은 독자들 사이에서 제법 사랑받는 시인이었다. 잘은 모르지만 출간하는 책마다 꾸준히 판매 실적을 올리는 것도 같다. 문학인치고 말주변도 있는 터라 라디오 패널로도 몇 번 고정 섭외된 적 있다는 것을 엄마에게 들어 알고 있다.

"엄마 안부는 안 궁금해요?"

테이블 위를 손가락으로 몇 번 두드리던 아빠가 특유의 느긋한 투로 대답했다.

"안다."

"안다고?"

"몇 번 연락 주고받았거든, 네 엄마랑."

"언제요?"

순간 배신감이 치밀었다. 나는 애써 흥분을 가라앉히며 아빠의 말이 이어지길 기다렸다.

"가장 최근에 연락한 건 작년 연말에."

그랬단 말이지. 나는 테이블 아래에서 발을 까닥이며 불만을 추슬렀다.

알 만하다. 주로 나에 관한 이야기를 했겠지. 학교 교과과정에 따른 크고 작은 행사와 모의고사 성적, 수시 지원서를 넣은 학교 등에 대한 정보를 나눴을 터다. 아빠 역시 나의 양육자이므로 궁금했을 텐데 어째서 나에게는 연락 한번 하지 않았을까.

"네가 부담스러울 것 같아서."

내 마음을 꿰뚫어 보기라도 한 건지 아빠가 물잔을 쥐고 변명처럼 말했다.

"그래서…… 시험 전에 연락을 못 했다."

수능 잘 보라는 인사 한마디에 흔들릴 만큼 나약하진 않은데. 그러니 미리 안부를 전해주고 또 물어봐 줬다면 좋았을 거라고 생각했지만 입 밖으로 꺼내진 않았다. 혹여라도 아빠를 그리워하거나 기다렸다고 여길 만한 말은 모조리 삼키고 싶었다.

"연락, 기다렸니?"

누군가 가벼이 던진 돌에 얻어맞은 개구리라도 된 기분이다. 나는 잠연히 아빠를 바라보았다. 화가 나지는 않고 어쩐지 허무해졌다. 그러는 아빠는 내 연락을 기다렸느냐고 묻고 싶다가도, 아빠가 내 연락을 기다려서는 안 되는 거 아니냐고 몰아붙이고 싶었다.

쌍꺼풀 진 아빠의 눈을 보고 있자니 저 눈을 내가 닮았다는 생각이 들어 돌연 웃음이 나온다. 지난 일을 술회하는 둘만의 자리가 한 번쯤은 있어야 하지 않나 싶었으나, 이렇게 예고 없이 이뤄지다니. 이 순간이 여전히 믿기지 않았다.

"아뇨."

나는 고개를 저었다. 그리고 마침 서빙된 파스타를 보며 포크를 들었다.

"알리오올리오, 어느 분이세요?"

양손에 쟁반을 든 직원이 나와 아빠를 번갈아 바라보았다.

"이쪽이요. 아들한테 주세요."

아빠가 무심코 나를 아들이라고 불렀다. 그 순간 움찔한 나를 아빠가 못 봤으면 했다.

"엄마 복원소에서 일 거들며 지낸다고 들었다."

나는 대답 없이 고개만 끄덕여 보였다.

"엄마 도와드리는 것도 좋지만 네 할 일도, 공부도 챙기면서……."

"알아서 할게요."

쓸데없이 자질구레한 말을 늘어놓지 말았으면 좋겠다는 눈초리로 바라보자, 아빠가 입을 다물었다.

아빠는 조금 전 했던 말을 잊으라는 듯이 한 손을 휘젓고는 다시 식사하는 데 열중했다. 그러다가 와인잔을 쥐고 어설프게 화제를 돌렸다.

"건배할까."

도대체 무엇을 위해서?

내려앉은 정적을 털어내기라도 하려는 듯이 아빠가 조금 웃었다. 나는 파스타를 우물거리며 와인잔을 들었다.

우리는 한동안 대화 없이 식사하는 데만 신경을 썼다. 먹는 속도가 빠른 편이라 십 분 남짓한 시간에 그릇을 모두 비웠고 아빠는 냅킨으로 입가를 닦으며 다시 대화를 시도했다.

"널 보자고 한 건, 부탁할 게 있어서."

"부탁이요?"

아빠가 천천히 고개를 끄덕였다. 그러더니 메고 온 메신저백에서 뭔가를 꺼내 테이블 위에 올려놨다. 나는 흰 테이블보에 놓인 버건디 색상의 파우치를 뚫어져라 바라보았다.

"네 엄마한테 듣기로, 진구 네가 이 일을 꽤 잘한다며."

아빠가 콧잔등으로 흘러내린 안경을 검지로 밀어 올리며

말했다.

"이것 좀 맡아줬으면 한다."

나는 남은 와인을 내 잔에 모두 따랐다. 그러고는 단숨에 또 잔을 비웠다. 입가를 손등으로 훔치면서 고개를 들었다. 차분하기 이를 데 없는 아빠의 이목구비를 하나하나 새기듯 보니, 화나거나 짜증 난다기보다 허탈한 웃음이 나왔다.

연락 없이 지내던 아빠가 안경 파우치를 맡기러 찾아왔다.

식사를 마치고 나오자 밤이었다. 어둑해진 하늘에 구름이 잔뜩 끼어 있다. 나는 멀뚱히 서서 내일의 날씨 예보가 어땠는지 떠올리다가 자전거를 끌며 돌아섰다.

"그냥 가려고?"

아빠가 물었다.

"그럼요?"

나는 딱딱하게 되물었다.

"카페라도 가요?"

"차라도 한잔 하고 갈까 했지."

아빠가 발갛게 상기된 얼굴로 제안했다. 나는 고개를 저었다. 그러기에는 우리 둘 다 와인을 마신 참이라 얼굴이 불그레했다. 아빠를 닮아 술이 약한 터라 금방 술기운이 올랐다. 이대로 카페로 가면 볼 만할 것이다.

"오늘은 이만 가요."

오늘 아니면 또 언제 만날지 모른다는 생각은 안 해도 된다. 나는 어깨에 멘 가방 끝을 꽉 쥐었다. 아빠의 안경 파우치 무게가 더해졌을 뿐인데 아까보다 훨씬 더 무겁게 느껴졌다.

"언제쯤 찾으러 가면 될까?"

뜸을 들이던 아빠가 생각났다는 듯 입을 열었다. 나는 레스토랑에서 대강 살핀 파우치의 상태를 떠올리며 속으로 날짜를 세었다.

"한 보름 후에 오시면 될 것 같은데."

"……."

"복원소로요."

이렇게 무턱대고 아빠를 초대해도 될까 싶었지만 망설이지 않고 말했다. 그동안 두 분이 연락을 주고받았으니 물건을 맡기고 찾는 일련의 건조한 만남쯤은 괜찮으리라 생각했다. 무엇보다 아빠를 단둘이 만나는 일을 피하고 싶었다. 이왕이면 제3자 혹은 엄마가 함께하길 바라는 마음이 닿았는지, 아빠는 생각 많은 얼굴로 고개를 끄덕이며 그러마, 하고 다음 만남을 수락했다.

"그럼 가볼게요."

"그래."

덩그러니 뒤에 남겨진 아빠가 손을 흔들었다.

"차 조심하고!"

자전거 안장 위에 오른 나는 돌아보지 않고 페달을 밟았다. 점점 속력을 내자, 바람이 불었다. 시원한 바람이 불콰해진 얼굴을 어루만지며 지나간다. 어서 아빠의 시야에서 벗어나길 바라며 있는 힘껏 페달을 밟았다. 어느 정도 멀어졌다고 생각하며 페달에서 발을 떼고 브레이크를 밟았다.

살짝 돌아보니 광장이 멀리 보였다. 아빠는 보이지 않았다.

"늦었네?"

집에 들어서자 생선 굽는 냄새가 진동했다. 주방의 가스레인지 앞에 서 있던 엄마가 여느 때와 같은 평온한 얼굴로 돌아보았다. 고등어를 굽고 있는 모양이었다.

"밥은?"

"먹었어요."

"뭐? 대충 컵라면 먹은 거 아냐?"

"아빠가 파스타 사줬는데."

메고 있던 배낭을 내려놓으며 심드렁히 말하자, 엄마는 바로 대답이 없었다. 힐끔 보니 엄마가 집게를 든 채 가만히 나를 보고 있었다.

"아빠 만났어."

"오늘?"

"응 오늘. 갑자기 연락하셨어."

그대로 방에 들어간 나는 불도 켜지 않은 채 빌려온 책을 책상에 한 권씩 올려두었다. 엄마가 방 앞에 다가와 있는 기척이 느껴졌다.

묻고 싶은 말이 많겠지. 나는 모른 체하며 아빠가 맡긴 안경 파우치를 꺼냈다. 그리고 표정을 읽을 수 없는 엄마에게 그것을 천천히 흔들어 보였다.

"아빠가 맡기고 간 거야. 안경 파우치."

엄마도 아는 물건일 것이다.

아빠가 대학생 시절부터 쓰던 가죽 파우치였으니까. 그렇구나, 하며 돌아서는 엄마에게 나는 공연히 시비를 걸었다.

"배신자."

"응?"

"그동안 아빠랑 연락했다며?"

"아, 어. 그랬지."

엄마가 별일 아니라는 투로 어깨를 으쓱했다.

"왜 말 안 했어?"

"너한테 말할 게 뭐가 있어. 별 얘기 안 했는데."

"그래?"

미심쩍어하며 쳐다보자, 엄마가 억울하다는 듯 고개를 끄덕였다.

"거의 네 얘기했지. 너 학교 생활이랑 가끔 나 사는 얘기."

그러니까 우리 둘이 아빠 없이도 잘 살고 있다는 소식을 전했다는 건데, 나는 엄마의 무심한 목소리를 들으며 이상하게 차분해졌다. 화가 난다거나 서운하지 않다. 아무에게나 불평하고 소리치고 싶던 마음 역시 잠잠해진 지 오래다.

"근데 너 술 마셨니?"

엄마가 별안간 목소리를 높였다.

"배신자!"

그리고 오늘 밤 이 집에서 배신자는 두 사람이 되었다. 나는 억울하면 엄마도 술 마시던가, 하고 시큰둥하게 중얼거렸다. 냉장고 아래 칸에 캔맥주 몇 개가 있는 것을 안다. 나보다 늦게 잠드는 밤에 홀로 안주 없이 맥주를 마시곤 하던 엄마를 알고 있다.

"그건 네가 맡는 거지?"

엄마가 말했다.

"그 파우치. 네가 해."

처음부터 끝까지, 네가 수선해봐. 호탕하게 명령한 엄마는 여전히 가스레인지 위에서 구워지고 있는 고등어를 떠올리고 주방으로 뛰어갔다.

방에 혼자 남은 나는 그제야 긴 숨을 내쉬었다. 오늘 나는 아빠를 만나 파스타를 먹고 술을 마시고 아무렇지 않은 척 대화를 나누다가 헤어졌다. 그리고 아빠의 손때 묻은 파우치를 들고 아빠 없는 집으로 돌아왔다. 얼떨결에 맡게 된, 고작해야 칠백 그램 정도 나갈 파우치가 내 방에 있는 모든 물건 무게를 합친 것마냥 무겁게 느껴진다. 책상의 스탠드 조명을 켠 나는 의자에 앉아 머리를 감쌌다.

* * *

"아빠가 오셨었다고?"

상준이 일곱 번째로 바늘에 찔린 손가락을 부여잡고 아파하다가 물었다.

눈살을 좁히며 엄살을 부리는 상준에게 아빠와의 갑작스러운 재회에 대해 털어놓자, 엄마 못지않게 놀라며 눈을 휘둥그레 떴다.

"야, 진짜."

카드 지갑을 만드는 원데이 클래스 중이었으므로 상준이 목소리를 낮췄다.

"넌 그걸 왜 지금 말하냐?"

"그럼 언제 말해?"

"아까 버스 타고 올 때 말하든가 아님, 그날 바로 문자로 얘기해도 됐지."

바늘구멍에 자주색 실을 끼워 넣으며 괜히 실실 웃었다. 그러고는 개개인의 작업 속도에 맞춰 설명을 하는 강사의 유쾌한 목소리에 집중했다. 수업 전에 원하는 가죽 원단 색상을 고르고 온 참이었고, 원데이 클래스답게 빠르고 쾌활한 분위기가 마음을 들뜨게 했다.

"실이 빠지지 않게 매듭을 이렇게, 두 번 묶어야 해요."

강사가 바늘에 실 꿰는 법을 설명하며 시범을 보이는 동안 상준은 여덟 번째로 바늘에 손가락을 찔렸다.

"아얏."

또다시 엄살을 피우는 상준의 눈꼬리에 눈물이 조금 맺혔다.

나는 내 몫으로 준비된 보라색 인조가죽을 손가락으로 쓸어보았다. 오염되거나 손상된 적 없는 새 가죽이, 지갑으로 완성되기를 얌전히 기다리고 있다. 처음 상태로 되돌리는 복원과는 다른 과정이어서 모처럼 즐거웠다.

지갑을 완성하기까지 한 시간 삼십 분이 넘게 걸렸다. 수업 내내 바늘에 손가락을 찔린 상준은 다시는 가죽 공예 따위 하지 않겠다는 눈치였으나, 막상 강사의 도움을 받아 완성한 카드 지갑을 보고는 다음 수업 시간표를 알아보았다. 뿌듯해하는 상준과 더불어 흐뭇한 마음이 들었다. 혼자 어설프게 지갑 비슷한 것을 만들어본 경험은 있어도 오늘처럼 정식으로 완성품을 만든 건 처음이었다.

"어때?"

돌아오는 버스 안에서 상준이 입꼬리를 올리며 물었다.

"뭐가?"

"복원소에서 할 만할 것 같아?"

나는 고민하다가 덤덤히 말했다.

"누굴 가르칠 정도가 되려면 한 오 년은 걸리지 않을까."

"오 년은 생각보다 짧은 시간이지."

창틀에 팔꿈치를 대며 턱을 괸 상준이 씩 웃었다.

"그리고 내가 아는 차진구는, 오 년 안에 뭐든 해낼 놈이지."

잠시 후 낯간지러운 말을 꺼낸 상준도, 그 말을 들은 나도 거의 동시에 팔뚝을 쓸며 몸서리쳤다.

"나 좀 자면서 갈게."

상준이 하품하며 창문에 머리를 기댔다.

"어, 안 깨워줄게."

"어, 안 믿을게."

전날 밤에 축구 동아리 모임 때문에 늦게 잤다는 상준은 많이 피곤한 모양인지 금방 조용해졌다. 나는 가방에서 카드 지갑을 꺼내 한참 들여다보았다. 그러다가 휴대폰 메모장을 꺼내 몇 자 적었다.

가죽공방 계획. 보류. 내킬 때마다 수강 신청해보기.

처음의 상태에 가깝게 제품을 복원하는 일과 새로이 만드는 일 사이에서 고민해야겠지만 오래 걱정할 필요는 없을 것이다. 일단 부딪쳐야 할 때였다. 뭐든 해보지 않으면 모르는 거니까. 비슷하지만 숙제는 또 있었다. 모든 계획을 잠깐 저만치 밀어두고 해결해야 할 것.

안경 파우치.

복원소 아닌 내 방 책상 한편에 둔 아빠의 의뢰품을 떠올렸다. 가죽은 죄가 없다. 가족과 다른 가죽을 미워하거나 외면하고 싶지는 않다. 집에 가자마자 해야 할 일을 머릿속으로 정리하며 천천히 숨을 내쉬었다.

그러고 보니 나는 아주 소란스러운 열아홉과 스무 살을 지나고 있지 않은가. 가죽제품과 그것을 가져온 사람 때문에.

작게 신음하며 눈을 감았더니 슬슬 잠기운이 몰려왔다. 그러다가 내려야 하는 버스 정류장을 지나친 바람에 상준과 나란히 어두운 밤길을 걷다가 달려야 했다.

"엄마, 나 구체적인 목표가 생겼는데."

막판에 험난한 여정을 마치고 집으로 돌아오자마자 엄마에게 선전포고 아닌 선전포고를 했다.

"뭔데? 차 사달라고?"

식탁에 앉아 있던 엄마가 가계부에서 눈을 떼지 않고 물었다.

"아니, 그건 아니고."

순간 솔깃했지만 고개를 저었다. 하고 싶은 말은 따로 있었다.

"아빠한테 파우치 수선비로 백만 원을 받을 작정이야."

물론 터무니없는 가격이라는 것을 안다. 말도 안 되는 기준으로 책정한 수선 비용을 듣고 엄마는 기막혀했다.

"사기꾼이 될 셈이야?"

"아니."

나는 곧바로 변명처럼 말했다.

"그냥 아빠가 괘씸해서."

그 말에 엄마는 혀를 한 번 차고는 피식 웃었다.

동병상련의 처지인 엄마에게 못 할 말은 없다. 엄마 역시 나에게 그러기를 바랐다. 우리는 어쨌든 같은 시기를 지나온 동지나 마찬가지니까. 남편 없는 엄마와 아빠 없는 나는 의외로 홀가분히 나이를 먹어왔고, 이제 엄마는 성인이 된 나를 완전히 키워냈다는 자부심을 가져도 좋았다.

"근데 왜 백만 원이야?"

"천만 원을 부를 순 없잖아."

"하긴."

엄마가 낄낄 웃었다.

"그 양반, 엄청 당황할 거다. 웬만한 계약금이 백만 원이니까."

"계약금?"

"책 한 권 출판할 때 계약금. 요샌 좀 올랐으려나."

가계부를 소리 나게 덮은 엄마가 문득 웃음기를 지운 얼굴로 진지하게 물었다.

"참견 안 하려고 일부러 확인 안 했는데. 상태 어때?"

무엇의 상태를 묻는 건지 곧장 알아들은 나는 며칠 밤마다 잠자리에서 들여다본 안경 파우치의 상태를 떠올리며 하나하나 전했다.

"덮개 쪽 가죽 모서리 벗겨졌고, 똑딱이 버튼도 다시 달아야 할 것 같아."

"그 외엔?"

"파우치 안쪽 가죽에 검은 잉크 같은 거 묻어 있는데, 그대로 둬도 될 것 같아. 일부러 안감을 바꾸면 아빠가 마음에 안 들어 할 것 같아서."

"그래. 염색할 필요는 없고?"

"응."

"잘해봐. 백만 원 꼭 받아내고."

"오케이."

나는 뻔뻔한 표정으로 웃다가 맞다, 하면서 가방에서 카드 지갑을 꺼내 들었다.

"받아요."

"이게 뭔데?"

"오늘 내가 직접 만든 거. 선물이야."

"……복원소의 차기 사장이 딴마음 품은 거야?"

"가까운 미래에 투잡 뛸 수도 있거든. 미리 얘기한 대로."

나는 언젠가 엄마에게 말한 가능성을 과자 부스러기 흘리듯 꺼내놓았다.

"우리의 사업장을 어떻게 키울 수 있을지 고민 중이야."

나는 방으로 들어가 쓰고 있던 모자를 벗었다. 아빠의 오래된 안경 파우치를 빤히 바라보다가 결국 옷을 갈아입기도 전에 책상 앞에 앉아 수첩을 펼쳤다. 휴대폰 메모장에 써도 됐지만, 가죽에 관한 것만은 종이에 기록하고 싶었다.

아빠의 이름 석 자. 의뢰 품목. 가죽 상태. 예상 수선 기간 등을 자필로 적어놓은 페이지를 펼쳐 몇 번이나 반복해 읽었다.

이번 의뢰도 여타 받아온 의뢰와 다를 거 없다. 그러나 복원을 마치고 나면 많은 게 바뀔 것 같다는 예감이 들었다. 대개 그런 예감은 잘 들어맞는다는 것을 안다.

* * *

모든 준비를 마친 날에는 초여름답지 않은 무더위가 기승을 부렸다. 에어컨을 틀어놓은 복원소에서 나는 손깍지를 끼고 스트레칭을 했다. 그러고는 머뭇거리다가 에라 모르겠다, 하고 중얼거리며 작업대 위에 휴대폰 거치대를 올려두었다.

카메라 어플을 켜서 동영상 촬영모드로 돌려놓고 멀뚱히 카메라 렌즈를 바라보고 있자니, 뜻밖의 의심이 솟구쳤다. 괜한 일을 벌이는 게 아닌가. 그렇다면 이쯤에서 수습하고 엄마에게 넘기는 게 맞지 않나. 짧은 순간 고민이 됐지만 이미 마음의 추가 한쪽으로 기울었음을 인정하고 심호흡했다.

"……잘 찍히고 있나."

본격적인 촬영에 앞서 이십 초 가량 시험 촬영을 했다.

"아빠."

목소리가 조금 갈라져 나와서 황급히 헛기침을 하며 목을 가다듬었다.

"잘 봐요."

언젠가 촬영본을 메시지로 받아볼 아빠를 떠올리며 간단히 복원 작업을 소개했다.

"아껴 써서 그런지 크게 손 볼 덴 없어. 일단 세척하고 나서 가죽 해진 부분을 교체할 건데 어려운 일은 아니고. 이건 수선접수증이라고 하는데, 잘 보여?"

나는 카메라를 향해 복원소에서 사용하는 접수증을 흔들어 보였다.

"그럼 시작할게요."

어쩐 일인지 준비했던 말이 술술 나왔다. 불필요한 호흡이 녹음되지 않도록 조심하면서 카메라의 각도를 아래로 조절하여 작업대를 비췄다.

아빠가 삼십 년 넘게 사용해온 버건디 색상의 안경 파우치의 안쪽에는 먼지가 조금 뭉쳐 있었다. 스냅 버튼 역시 녹이 슬어 잘 닫히지 않았기에 세척액을 묻혀 금속 부분을 닦아내는 작업부터 시작했다. 이어서 깨끗한 타올로 파우치의 표면을 닦아내자, 광택이 살아났다.

"진짜 아껴 썼나 보다."

나는 바삐 손을 움직이면서 간간이 나중에 영상을 볼 아빠에게 말을 걸었다.

"사실 나는 도금 작업하는 게 어려운데, 아빠 건 도금할 필요가 없어서 좋아."

촬영 중인 것을 모르는 누군가가 본다면 드문드문 혼잣말하는 나를 이상하게 여길 터였다. 그러나 지금은 엄마도 잠시 자리를 비운 상황이다. 나 혼자뿐이어서 아늑했고 그래서 그런지 평소보다 말이 거침없이 나왔다.

"여기, 이쪽이랑 이쪽에 긁힌 자국 보이지? 근데 이 정도 스크래치는 세월감이 느껴져서 오히려 그대로 두는 게 좋아요."

눈에 보이는 먼지나 오염 물질을 공들여 닦고 난 후 미리 꺼내둔 왁스 조각으로 버튼의 접합부를 살살 문질렀다.

리폼 아닌 수선을 부탁했으므로 동일한 색상의 가죽 원단을 집어 들었다. 미싱 처리된 이음새를 다시 박음질할 필요가 없을 뿐더러 지퍼라든가 스트랩 같은 부속품을 교체하지 않아도 됐기에 생각보다 작업 과정이 수월했다.

"아빠."

나는 작업대 위만 비추고 있는 카메라를 아빠인 양 물끄러미 바라보았다.

"옛날엔 엄말 울리는 아빠가 싫었어."

차라리 헤어지는 게 낫겠다고 생각할 정도였으니까. 그렇게 견디며 지나온 시간들이 모두 옛날이 돼 버렸다. 오랜만에 만난 아빠는 그때보다 훨씬 늙어 보이고 엄마와 나도 별 수 없이 그만큼 나이가 들었다. 잘 길들인 가죽처럼 유연해진 우리에게 더는 불화라고 부를 만한 감정이 없고 그 덕분에 나는 아빠에게 작업 영상을 빙자한 영상 편지를 준비할 수 있었다.

"근데 지금은 괜찮은 것 같아."

이 마음을 고스란히 꺼내 보인다고 해서 복원될 수 있는 사이는 아니지만, 뭐 어때.

"그러니까 편하게 연락해."

이제라도 안경 파우치를 들고 찾아와줬으니 고마운 손님이다.

일주일 후 안경 파우치의 주인이 복원소로 찾아왔다. 다행히도 엄마는 아빠를 불청객으로 여기지 않는 듯했다. 문을 열고 들어서는 아빠에게 '왔어?' 한 마디하고 작업을 이어갈 뿐이었다.

나는 작업대 앞으로 다가온 아빠에게 안경 파우치를 내밀었다.

"얼마니?"

"백만 원이요."

심드렁한 대꾸에 지갑을 꺼내던 아빠가 멈칫했다.

"생각했던 것보다 적게 부르네?"

이번에는 내가 멈칫거렸다. 그렇다면 천만 원을 부를 걸 그랬다. 그래서 그걸로 일 년 치 대학 등록금을 충당할걸. 아빠를 상대로 실익을 따지는 꼴이 우스웠지만, 아빠 역시 본인의 경력과 인생을 위해 가족을 뒷전으로 미뤄뒀으니 피차 마찬가지 아닌가.

나는 휴대폰에서 메신저 창을 열어 아빠에게 영상을 전송했다. 진동 모드가 아닌 건지 아빠의 코트 주머니에서 알림음이 명료하게 울렸다.

"방금 동영상 하나 보냈어."

"동영상?"

"작업 과정 담은 거예요."

아빠가 입술을 몇 번 달싹였다.

"고맙다."

별거 아니라고 고개를 젓던 나는 달리 더 할 말이 있는지 생각해보다가 뭣 좀 마시겠냐고 물었다.

"괜찮아. 금방 가봐야 해서."

그렇게 말하며 내 어깨 너머를 바라본 아빠는 엄마와 눈짓을 주고받는 듯했다.

"진구야."

머리를 쓸어올리며 할 말을 고르던 아빠가 한참 만에 입을 열었다.

"고등학교 졸업 축하한다. 늦었지만 대학 합격도 축하해."

"고마워요."

"그리고."

그리고, 하고 재차 말한 아빠가 내 눈을 똑바로 바라보았다. 나는 아빠가 다음 말을 잇기 전에 선수를 쳤다.

"종종 파스타 사주세요."

울거나 화낼 것 같으면 웃는 게 낫다. 짐짓 가벼운 투로 다음 식사 메뉴를 제안하며 가슴 앞으로 팔짱을 꼈다.

"와인도 사줘요. 아, 라자냐도 먹어보고 싶어."

뻔뻔하게 덧붙인 조건을 듣고 아빠는 고개를 살짝 끄덕였다.

"그래."

아빠는 이제 엄마가 서 있는 작업대 쪽을 바라보았다. 나는 눈치껏 패딩을 챙겨 복원소를 나섰다.

둘만 남은 복원소에서 엄마와 아빠가 무슨 말을 나눌지는 궁금하지 않았다. 싸우지는 않을 것이다. 어린 날에 높은 빈도로 부딪히던 두 사람은 이제 연소시킬 만한 게 없는 관계다. 엄마가 잘 지내, 말하면 아빠가 당신도, 하는 인사를 건넬지도 모른다. 각자 잘 지낼 것이다. 복원의 가능성 없이 남이 되어 더는 미워하거나 우는 일 없이.

가슴이 쿵쾅거린다. 한바탕 뜀박질이라도 한 것만 같다. 그러니까 오래전부터 이어져 온 질주를 이제야 끝낸 것이다. 가죽 코팅제를 입히고 말리는 듯한 과정을 꽤 오랫동안 반복했으니 이제 괜찮을 일만 남았다. 먼지가 내려앉으면 닦아내면 그만이다. 미끈하고 단단한 마음을 오래 품을 수 있도록 요령 있게 애쓰고 싶다. 스크래치 따위는 손쉽게 나지 않을 정도로.

* * *

스무 살이 된다는 건 이전에 경험하지 못한 일이 무더기로

다가온다는 뜻이었다. 여러 학과 행사와 밀려드는 과제 탓에 정신이 하나도 없었다. 새로운 사람을 계속 만나며, 고등학교 교정과는 비교도 안 될 만큼 넓은 캠퍼스를 누비는 틈틈이 가죽 복원 일을 거들었다.

그러나 복원소에서 머무는 시간이 늘수록 의외로 잔실수가 늘어갔다. 일이 능숙해지는 것과는 별개로 착각했거나 부주의해서 난처한 일이 적지 않게 벌어졌는데, 수선접수증이라든가 핸드드릴 따위를 잃어버리는 건 예삿일이었다.

"이래서야 믿고 맡길 수 있겠나?"

"아. 잘할게요, 사장님."

엄마이자 고용주이자 동업자에게 말꼬리를 늘이며 사정하면, 엄마는 슈가보이가 되길 바랐는데 웬 어리광쟁이가 됐다며 혀를 차곤 했다. 매일 써먹는 애교는 아니어서 간간이 통하는 꼼수였다. 가죽에 기대어 살기로 작정했는데, 이제 와서 엄마로부터 동업자 자격을 박탈당하면 타격이 엄청날 터였다.

가끔 복원소에 방문하는 일이 귀찮게 느껴질 때도 있다. 집에서 잠이나 자고 싶어질 때마다 나를 집 밖으로 이끄는 건 그간 만나온 손님들이었다.

"둘이가 어제 왔다 갔어."

엄마가 지나가는 투로 안부를 전해오면, 모르는 사이 각별하게 생각하는 손님들을 만날 기회를 놓치기 싫어 부지런을 떨게 된다.

"맞다. 엊그젠 알리가 아이스크림 사 들고 왔었는데."

"진짜?"

"응, 붕어싸만코. 너 없어서 아쉬워하더라."

알리는 여전히 수요일 저녁마다 산책을 한다. 옆에서 같이 걷는 개 없이도 복원소 앞을 저벅저벅 지나가고 그러다가 눈이 마주치면 쥐불놀이라도 하듯 붕붕 손을 흔든다.

"이건, 너 주라고 하셔서 받아온 거."

어떤 날에 엄마는 내 몫으로 받은 꽃 한 송이를 들고 귀가한다. 월요일부터 금요일까지 듬성듬성 이어진 강의를 들으러 서울을 오가느라, 복원소에 자주 들를 수 없는 나를 궁금해하며 꽃집 할머니가 고른 꽃이다.

내가 만나온 손님이, 내가 수선해온 물건의 주인들이 안부를 전해오면 다음에 만날 손님이 기다려진다. 그들이 내게 맡기려고 들고 올 물건들의 생김새와 상태를 미리 알고 싶어하고 염려하게 되는 것이다.

"진구야."

그리고 엊그제 엄마가 방문 앞에서 서성이다가 마침내 꺼낸 말은, 나를 더 멀리 나아가게 만드는 주문이다.

"왜 너한테 슈가보이 타령했는지 알아?"

엄마가 멋쩍은 듯 턱을 긁적였다.

"네가 우리 때문에, 엄마 아빠 때문에 사랑 안 하는 애가 될까 봐."

"……."

"걱정했어."

휴대폰의 충전기를 꽂고 있던 나는 엉거주춤 일어나 엄마를 바라보았다.

"근데 그거 알아? 꼭 사랑하진 않아도 돼."

"알아."

"겁나서 안 하는 게 아니라, 네가 그냥 끌리지 않아서 안 하는 거였으면 좋겠어."

그 말에 웃었던가 아니면 조금 울었던가.

"내 걱정 좀 그만해."

"알았어."

뜸을 들이던 엄마가 어깨를 툭 쳤다.

"너도 그만해, 엄마 걱정."

나는 목 뒤를 쓸어내리며 한참 만에 오케이, 하고 말했다. 알게 모르게 서로를 괘념한 시간이 꽤 많았으니 이제는 마음 쓰는 일을 줄여야 할 때였다. 그날이 드디어 왔다는 생각이 들자 저절로 웃음이 나온다.

전국적으로 폭염주의보가 내린 주말 오후. 늦잠을 자는 대

신 벼르고 별러서 오랜만에 엄마보다 일찍 집을 나섰다. 녹음
이 가득한 주택가를 가로지르면서 담벼락 위에 앉아 있는 고
양이와 눈이 마주쳤다. 모르는 고양이와 눈이 마주치다니 이
거 엄청난 길조 아닌가. 단 한 번도 들어본 적 없는 말이지만
좋은 일이 생길 것만 같다.

복원소에 도착하자마자 환기를 시키고 선풍기부터 틀었다.
어젯밤 늦게까지 상준과 술을 마신 터라 잠기운이 가시지 않
았다. 나는 연달아 하품을 하며 눈가에 맺힌 눈물을 닦았다.
선풍기 앞에 서서 바람을 맞고 있는데 문이 열렸다.

"저기."

선글라스를 쓴 젊은 여자가 가게 내부를 둘러보며 조심스
레 물었다.

"지금 주문받으시나요?"

확실히 좋은 징조가 맞는 모양이지. 문을 열자마자 손님이
라니.

"네, 들어오세요."

나는 안으로 손짓하며 손님을 반겼다. 그러고는 보온병에
얼음을 넣어 담아온 매실차를 떠올리고 메신저백을 집어들
었다.

"저기, 매실차 좀 드시겠어요?"

조금 어색하지만 차 한 잔을 권하는 것쯤은 이제 어렵지

않다. 손님 응대하는 일에 날로 자신감이 붙는다.

"아, 괜찮아요. 집에서 커피를 마시고 왔거든요."

싹싹하게 웃어 보인 손님이 가방에서 꺼낸 건 유명 패션 브랜드 로고가 찍힌 가죽 벨트였다.

"벨트가 너무 커서요. 혹시 패턴 해치지 않고 줄일 수 있나요?"

나는 넘겨받은 가죽 벨트를 작업대 위에 펼쳤다. 간격을 맞춰 새 구멍을 뚫어야 하는데, 이 과정에서 새로 생기는 절단면은 단차가 적을 테니 기포가 생기지 않게 천천히 유약을 바르면 될 것이다.

"대학교 입학 때 선물 받은 건데, 좀 커서 옷장에 두기만 했거든요. 에이에스를 받기엔 기간이 지났고."

기념 선물이라 버리거나 팔지는 못했다며 미소 지은 손님은 가능할까요, 하고 이어 물었다.

"네, 가능해요."

나는 신중히 입을 열었다.

"성함이랑 연락처 좀 알려주시겠어요?"

"이름은 이영진이고요. 연락처는……."

나는 수선접수증을 펼치며 늘 그랬듯 귀를 기울였다. 그러고는 엄마가 주로 사용하는 만년필의 뚜껑을 열어 손님의 이름과 연락처를 받아 적었다.

"기간은 아마⋯⋯."

나는 접수증 내역을 살피며 수선이 완성될 시기를 넉넉히 잡아 안내했다.

"다음 주에 오시면 될 거예요. 방문 수령하기 어려우시면 택배로 보내드릴 수 있는데. 어떻게 하시겠어요?"

"음."

잠깐 고민하던 손님이 일주일 후에 다시 오겠다며 방문 수령을 선택했다. 그렇게 복원소를 나서는 듯하던 손님이 근데요, 하고 돌아섰다.

"네?"

"왜 간판이 가족복원소예요? 처음엔 잘못 본 건가 했어요. 아무리 봐도 가죽이 아니라 가족이어서."

언젠가 어린 손님이 찾아와 가족을 복원해달라고 부탁했던 그날처럼 굳어 있던 나는 아, 하며 싱겁게 웃었다.

"가끔⋯⋯ 아주 가끔 가족도 복원하거든요."

"네?"

손님의 어리둥절한 얼굴을 보며 나는 농담이었다는 핑계로 말을 거두거나, 그간 복원이 필요한 관계를 의뢰품과 함께 꺼내보이던 손님이 몇 있었음을 구태여 덧붙이지 않았다.

눈이 오나 비가 오나 가죽복원소에 찾아오는 이들이 있다.

가죽 아닌 가족을 접수하고자 하는 사람이 세상 어딘가에 또 있겠다 싶어질 때면, 간판 청소 같은 건 영원히 하지 않아도 되겠다는 생각이 든다.

손님을 배웅하고 나서 다시 작업대 앞에 섰다. 양팔을 돌리며 느릿느릿 몸을 풀었다. 목을 좌우로 천천히 움직이면서 '아, 에, 이, 오, 우', 하며 얼굴 근육을 풀었다. 누구든 저 문을 열고 들어온다면 망설이지 않고 어서 오세요, 하고 반기기 위해서. 작업대 아래 간이의자에 내려둔 가방 앞주머니에는 복원소를 찾은 이가 갑자기 울기라도 할 때 바로 손에 쥐여줄 풍선껌과 손수건이 들어 있다.

내가 가장 오래 들여다본 이야기

처음 『가족복원소』를 썼을 때의 나와, 이것을 고치고 다듬은 지금 현재의 나는 다르다. 그땐 웃으면서 썼고 지금은 울면서 쓴다. 가족이 가죽과 다르다는 걸 알고 어떤 관계든 회복 불가능한 상태가 될 수 있다는 사실을 잘 알고 있다. 억지로 지속하려 했다가는 칼날을 손으로 쥔 것처럼 다칠 수 있다는 사실을 배운 지도 오래다. 다치면서까지 잘 지내고 싶고, 잘 지내야만 하는 사이. 혹은 내상이나 외상을 입을 위험 없이 그저 가깝기만 한 사이. 『가족복원소』에 오는 손님들은 이염됐거나 흠집난 가죽제품의 수선을 의뢰하면서, 실은 사람을 맡긴다.

『가족복원소』를 쓰고 다듬을 때마다 사전에서 '복원'을 찾아봤다. 아는 말이어도 매번 낯설게 다가왔고 그 때문에 '수선'과 '회복', '복구' 같은 유의어의 뜻마저 곱씹게 됐다. 간판을 올려다보고 그 아래에서 한참 서성이는 기분으로 진구가 만났거나 앞으로 만날 손님들에 대해 그려봤다. 결혼과 이혼. 형제 또는 자매. 연애와 이별. 친구 그리고 절교한 친구. 집 안팎에서 맺는 무수한 관계의 꼴을 생각하면 덧없는 것 같다가도 든든해진다. 서글퍼지는 한편 화가 나기도 한다. 오래 건강히 꾸려나가고 싶은 인연이 있는가 하면, 진작 끊어내지 못해 후회스러운 악연이 있다. 『가족복원소』에 방문한 이들은 모두 처음의 좋았던—정말 좋았을까?—상태로 되돌리고 싶은 관계를 갖고 있다. 관계를 건강히 오래 꾸려나가는 건 사람을 포함해 고양이에게도 어려운 일이다. 아무리 귀여운 고양이라 해도 가까이 지내던 사람과 발톱 깎기 또는 내원 등을 이유로 사이가 틀어질 수 있으니까.

그러나 필통이나 지갑, 목걸이, 숄더백, 파우치 따위를 맡기려고 복원소에 찾아오는 사람이 있는 한 희망에 대해 말하고 싶다. 늘 싸우던 엄마 아빠에게, 사이가 소원해진 언니에게, 먼 곳으로 떠난 연인에게, 지금은 여기 없는 작은 개에게, 홀가분히 혼자이기를 선택한 할머니에게 원하는 바대로 복원해드릴 테니 일단 맡겨 달라고 말하고 싶다. 어쩌면,

혹시…… 같은 지루하고 뻔한 가능성이 현실과 마냥 동떨어진 게 아닐 수도 있지 않느냐고 윙크해보고 싶었다. 가죽의 물성과 사람의 물성이 다르다는 것을 알면서도 복원에 소망을 품거나, 체념한 적 있는 분들이 『가족복원소』의 간판을 멀리서나마 발견해준다면 기쁘겠다.

『가족복원소』는 내가 가장 오래 들여다본 이야기다. 이보다 더 오래된 이야기를 일기장이나 노트북에서 발견할 수도 있겠지만, 『가족복원소』만큼 여러 형태로 다듬은 건 없다. 『가족복원소』의 진구와 둘이, 그 외 등장인물들이 차례대로 말을 걸어준 덕분에 여기까지 왔다. 가죽과 실을 만지듯 할 수 있는 한 열심히 무두질한 것 같다. 이야기의 촉감이 부드러운 건 윤승일 이사님과 차종문 피디님, 김현석 피디님 덕분이다. 쓰는 동안 많은 격려를 받았다. 깊이 감사하는 마음을 전하는 지금, 이제 이만큼 아껴줄 다음 이야기를 쓸 준비가 됐다고 믿고 싶다.

2024년 봄
이필원

가족복원소

1쇄 발행 2024년 4월 17일

지은이 이필원
펴낸이 배선아
IP개발팀 윤승일, 유민우, 조민기, 차종문
IP사업팀 문채린
관리 에이투지엔터테인먼트 경영지원팀
디자인팀 최서은, 박예진
펴낸곳 고즈넉이엔티

출판등록 2017년 3월 13일 제2022-000078호
주   소 서울특별시 마포구 성지1길 35, 4층
대표전화 02-6269-8166 **팩스** 02-6166-9199
이 메 일 gozknockent@gozknock.com
홈페이지 www.gozknock.com
블 로 그 blog.naver.com/gozknock
페이스북 www.facebook.com/gozknock
인스타그램 www.instagram.com/gozknock